Oscar be

Gianluigi Bonelli – Giovanni Ticci

TEX

TERRA PROMESSA

Introduzione
di Sergio Bonelli

OSCAR MONDADORI

© 2002 Sergio Bonelli Editore
Il personaggio di Tex è stato creato da Gianluigi Bonelli
e realizzato graficamente da Aurelio Galleppini
Edizione su licenza

I edizione Oscar bestsellers maggio 2002

ISBN 88-04-50670-9

Questo volume è stato stampato
presso Mondadori Printing S.p.A.
Stabilimento NSM - Cles (TN)
Stampato in Italia. Printed in Italy

Ristampe:

6   7   8   9   10   11

2005   2006

Un ringraziamento a Franco Busatta
per aver collaborato alla realizzazione del volume

www.librimondadori.it

Sulle piste dell'ignoto

"Tutti quei bambini, quelle donne, cosa sarà di loro quando arriveranno al deserto?" "Non lo so... Noi li abbiamo avvisati!" Con questo scarno dialogo, due attori tipicamente fordiani, Harry Carey jr e Ben Johnson, osservano preoccupati la partenza di una carovana destinata a portare, nel 1851, un gruppo di coloni mormoni da un inospitale paesino del Missouri alla lontana "terra promessa" che li attende dalle parti di Salt Lake City, alla fine di una pista che verrà poi chiamata "Mormon Trail".

Una scena da *Donne verso l'ignoto*, dove il classico tema della carovana di carri diretti all'Ovest dà modo al regista William Wellman di coniugare il genere western al femminile.

La locandina di *La carovana dei mormoni*, diretto da John Ford, uno dei caposaldi del cinema western.

Lo scambio di battute proviene da una sequenza di *Wagonmaster* (in italiano, *La carovana dei mormoni*), un film, girato nel 1950 dal riconosciuto maestro del western John Ford, che lascia intendere quanto fosse ritenuto pericoloso il tragitto che, all'epoca, vedeva avanzare migliaia di coloni dalle pianure centrali alle ambitissime regioni dell'Ovest. A ribadire il concetto, in un secondo film classico, diretto nel 1951 da un altro maestro del cinema americano, William Wellman, e intitolato *Westward the Women* (da noi, *Donne verso l'ignoto*), Robert Taylor, nei panni di una esperta guida che ben conosce una pista ancor più lunga e pericolosa, la California Trail, mette in guardia le duecento donne, apparentemente fragili e sprovvedute che compongono la carovana, tracciando un elenco davvero poco invitante di ciò che le aspetterà nei successivi tre mesi: "Un viaggio lungo, duro, spietato. Pioggia o grandine, vento, bufere, tempeste di sabbia, acqua salmastra e spesso neanche quella. Dovremo affrontare il colera, gli indiani, gli incendi della prateria, incidenti gravi e a volte stupidi contrattempi. Il nostro cammino sarà cosparso di tombe. Almeno una su tre di voi sarà morta prima di arrivare in California!".

Come vedete, ancora una volta, da vecchio e incallito "divoratore di pellicole", ho voluto sottolineare la stretta parentela che intercorre tra il mondo del fumetto e quello del cinema. Niente di strano, quindi, se, nel corso di tanti anni, entrambi questi mezzi di espressione abbiano fatto ricorso a una stessa classica tematica dell'epopea della Frontiera: la migrazione e la conseguente conquista dei territori a ovest delle Montagne Rocciose, che portarono centinaia di migliaia di persone su piste obbligate, che, a seconda della loro meta, presero nomi diventati ormai storici, come Santa Fe Trail, Oregon Trail, Old Spanish Trail, Gila River Trail, oltre alle già citate Mormon Trail e California Trail... Ancora una volta, però, mi sento co-

I pionieri in marcia verso il Far West, nell'interpretazione di uno dei più autorevoli fumettisti nostrani: Rino Albertarelli.

stretto a ripetere un mio vecchio ritornello, secondo cui il fumetto, obbligato com'è a rinunciare alle emozioni ottenute tramite il sonoro e, soprattutto, tramite il movimento, incontra difficoltà nel descrivere, tanto per fare un esempio, le quotidiane fatiche di una comunità alle prese con gli ostacoli naturali che costituiscono invece i punti di forza di tutti i film dedicati al tema delle carovane.

Ecco perché, nel ruolo di sceneggiatore, io ho sempre fatto il possibile per evitare, nelle mie storie di Tex o Zagor, un argomento che poteva rive-

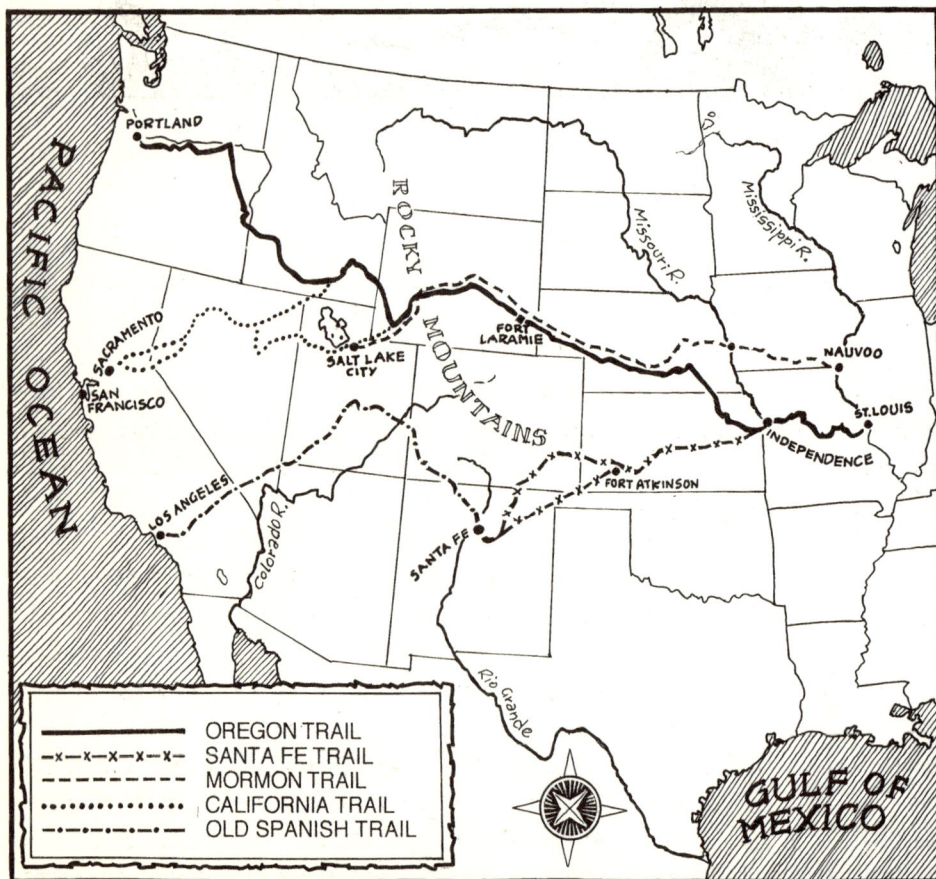

La mappa di alcune tra le principali piste sulle quali le lunghe fila di "conestoga" procedevano alla ricerca di una vita migliore.

L'attacco indiano ai carri rinserrati in cerchio, momento chiave di questo tipo di storie, tratto da "La marcia della disperazione" (Zagor nn. 112/116).

larsi monotono, poco spettacolare e poco emozionante, essendo irrimedia-bilmente prigioniero, come abbiamo detto, delle immagini fisse; non a ca-so, quando mi sono deciso ad affrontarlo sulle pagine di Zagor, in un epi-sodio che è fra i più lunghi che io abbia mai scritto, ho preferito evidenziare soprattutto i caratteri dei "viaggiatori" e i drammatici conflitti che nascono dal loro confronto, trasformando la carovana in una sorta di palcoscenico esistenziale...

Nell'ormai lontano 1973, anche mio padre Gianluigi Bonelli e Giovanni Ticci, uno dei più apprezzati illustratori della saga del Ranger, hanno sapu-to affrontare e brillantemente superare i non facili scogli di questo spunto narrativo: da grande miscelatore di trame e da instancabile sostenitore dell'azione qual era, il creatore di Tex, pur riservando qualche accenno a guadi di fiumi, superamenti di montagne e vagabondaggi nel deserto, met-te l'accento sul lato umano, per cui intesse, intorno ai movimenti della "sua" carovana, un'avventura che coinvolge sia i commercianti bianchi, autentici maestri del tradimento e del doppio gioco, sia i bellicosi indiani, che, in cambio di false promesse e di pochi regali (armi, whisky, munizio-ni...), si trasformano facilmente nel loro braccio armato.

Inutile dire che, come sempre, le poche righe in cui potremmo riassumere la vicenda nascondono un'infinità di accadimenti davvero mozzafiato: agguati, cavalcate, duelli, sparatorie, colpi di scena, che hanno trasformato questa storia in una delle più amate e delle più appassionanti del periodo d'oro texiano. E tutto questo, lasciatemelo dire, anche grazie a Giovanni Ticci, che, in un momento sicuramente magico della sua straordinaria vita artistica, è riuscito a disegnare montagne e praterie, fiumi e deserti che non fanno rimpiangere le immortali immagini del vecchio John Ford.

Sergio Bonelli

TEX

TERRA PROMESSA

TERRA PROMESSA

TERRA PROMESSA (1972/73)

Soggetto e sceneggiatura: Gianluigi Bonelli
Disegni: Giovanni Ticci

TERRA PROMESSA

TESTI: G.L. BONELLI - DISEGNI: G. TICCI

SULLA PISTA CHE DA PAROWAN CONDUCE A CEDAR CITY, NEL SUD-OVEST DELLO UTAH...

E' LUI, YUNKER?

SÌ!... MA È IN COMPAGNIA DI UN RAGAZZOTTO!

TANTO PEGGIO PER IL RAGAZZOTTO. NON POSSIAMO RIMANDARE.

D'ACCORDO!

9

10

11

12

MA INTANTO L'UOMO E' SCOMPARSO DIETRO UNA CURVA DELLA STRADA...

SCOTTY!... CHE C'E'?

ZING

HO ALLE MIE SPALLE QUATTRO O CINQUE DANNATI!

VICINI?

QUANTO BASTA PER GONFIARCI DI PIOMBO.

SVOLTA NEL BOSCO!... TI COPRO IO!

E LA GUIDA?

NON E' PIU' IL CASO DI PREOCCUPARCENE. GUARDA TU STESSO!

15

16

18

...E RAGGIUNTO IL COMPAGNO, SI ADDENTRA CON LUI NEL FOLTO DELLA SELVA...

TIENI IL CAVALLO AL PASSO!...POTREBBERO SENTIRCI, SE FACCIAMO TROPPO RUMORE.

CREDI CHE OSEREBBERO INSE-GUIRCI ANCHE QUI?

NON LO SO. COMUNQUE, COSTA POCO USARE PRUDENZA.

D'ACCORDO!

TEX E CARSON, NEL FRATTEMPO, SI SONO BUTTATI VENTRE A TERRA SULLE TRACCE DELL'UOMO DA ESSI INTRAVISTO...

FORZA!...NON PUÒ ESSERE LONTANO.

...MA, APPENA OLTREPASSATA LA CURVA, NOTANO IL CALESSE ROVESCIATO PRESSO LA RIVA DEL TORRENTE.

TEX! GUARDA!

DIAVOLO!

MEGLIO ANDARE A VEDERE: FORSE È ANCORA VIVO!

19

LASCIA CHE SE NE OCCUPINO KIT E TIGER. NOI DUE ABBIAMO DA SISTEMARE IL VERME CHE CI HA INNAFFIATI DI PIOMBO.

EHI, VOI DUE!... GIU' NEL TORRENTE C'E' LAVORO PER VOI!

UN ATTIMO DOPO, I DUE PARDS RIPRENDONO L'INSEGUIMENTO, MA ARRIVATI A UN PUNTO DA DOVE POSSONO CONTROLLARE UN LUNGO TRATTO DI PISTA, SI ARRESTANO SCORAGGIATI.

SCOMPARSO!

IL DIAVOLO SE LO PORTI!... MA DOVE SI PUO' ESSERE CACCIATO?

NON C'E' CHE UNA RISPOSTA, VECCHIO MIO!... SI E' INFILATO NEL BOSCO, E IN QUESTO MOMENTO STARA' SICURAMENTE SGHIGNAZZANDO ALLE NOSTRE SPALLE.

21

MA POCO DOPO...

PESTE!... QUESTO POVERACCIO CI HA LASCIATO LA PELLE!

MIO PADRE.... FATEVI CORAGGIO.

AVETE UN'IDEA DELLA RAGIONE PER CUI VI HANNO ATTACCATO?

NO!...

STAVAMO ANDANDO A CEDAR CITY, DOVE MIO PADRE DOVEVA INCONTRARE CERTA GENTE CHE SI ERA IMPEGNATO A GUIDARE IN CALIFORNIA, E NON CAPISCO QUALE MOTIVO ABBIA SPINTO QUEI DUE UOMINI AD AGGREDIRCI.

DUE, AVETE DETTO?... NE SIETE CERTA?

NATURALMENTE... RICORDO ANCHE CHE A UNO DI LORO E' VOLATO VIA IL CAPPELLO.

UHM... E NON PORTAVATE MOLTO DENARO CON VOI?

SOLO IL NECESSARIO PER IL VIAGGIO!

22

OH, MIO DIO! MIO DIO!

POVERA RAGAZZA.

CARSON: TU E KIT BADATE A LEI! TIGER E IO CI OCCUPEREMO DEL RESTO.

BUENO!

APPUNTAMENTO A CEDAR CITY?

SI!... VERRO' A CERCARVI DALLO SCERIFFO.

VUOI CONTROLLARE LE TRACCE?

VOGLIO TROVARE IL CAPPELLO!

POTREBBE RIVELARSI UN INDIZIO UTILISSIMO PER IDENTIFICARE GLI ASSASSINI.

BUENO!

E MENTRE TU LO CERCHI, IO MI DARO' DA FARE CON LE ALTRE IMPRONTE!

INTESI!

POCHI MINUTI DOPO...

ECCOLO!

UHM!...SE QUESTA NON SI CHIAMA FORTUNA...

CAPPELLI COSÌ NON SE NE VEDONO MOLTI, IN GIRO!

DUE MINUTI DOPO, TEX RAGGIUNGE TIGER CHE, FRATTANTO, STAVA RISALENDO UN TRATTO DELLA SCARPATA...

TROVATO?

CERTO!

BEL COLPO!...SEMBRA UN CAPPELLO FACILE DA RICONOSCERE.

GIÀ... E TU HAI SCOPERTO QUALCOSA?

DOVEVANO ESSERE IN AGGUATO NON MOLTO LONTANO DA QUI, FRA QUESTI ALBERI, PROBABILMENTE!

E POCO DOPO, INFATTI...

CHE TI DICEVO? ECCO DOVE ERANO.

?!

E QUESTI BOSSOLI SONO UNA PROVA IN PIÙ. SONO RIMASTI AD ASPETTARE IL PASSAGGIO DEL CALESSE E DA QUI HANNO SPARATO SU QUEL POVERO DIAVOLO!

PENSI CHE POSSANO SERVIRE?

NON MOLTO!...CARTUCCE COME QUESTE SONO TROPPO COMUNI PER PERMETTERE DI IDENTIFICARE I DUE CHE ERANO IN AGGUATO QUI, PERÒ LE CONSERVERÒ LO STESSO!

25

E ADESSO FILIAMO!...PRIMA SI ARRIVA AL PAESE E MEGLIO E'.

VAMOS!

YAAHAHAAA!!!

CIRCA MEZZ'ORA DOPO...

AVETE FATTO PRESTO !...TROVATO NIENTE ?

QUESTO E UNA MEZZA DOZZINA DI BOSSOLI PER WINCHESTER.

SHERIFF

LUNCH ROOM

E KIT ?

E'ANDATO CON LO SCERIFFO AD ACCOMPAGNARE QUELLA RAGAZZA ALL'ALBERGO.

HA AVUTO UNA MEZZA CRISI E ALLORA ABBIAMO ANCHE MANDATO A CHIAMARE IL MEDICO.

DEV'ESSERE STATO UN GRAN BRUTTO COLPO, POVERETTA.

TU CHE NE DICI?

SE NON LI HANNO SORPRESI AL LAVORO E NEMMENO VISTI DA VICINO, COME POTREBBERO ACCUSARLI?

BEH, ORA STATEVENE TRANQUILLI IN PAESE E DATE UNA MANO A CLAYTON. DOVETE TENERVI PRONTI A PARTIRE ENTRO DUE GIORNI AL MASSIMO.

E QUEGLI SVITATI QUACCHERI?*

*QUACCHERI = SEGUACI DI UNA SETTA RELIGIOSA DI FEDE PROTESTANTE CHE SI DISTINGUEVA TRA L'ALTRO PER IL RIFIUTO DELLA VIOLENZA E DEL SERVIZIO MILITARE.

NON PREOCCUPATEVENE!... SE HANNO FRETTA DI ANDARE IN CALIFORNIA, NON RESTERÀ LORO ALTRA SCELTA CHE QUELLA DI UNIRSI ALLA NOSTRA CAROVANA.

FILATE, ADESSO!... E INTASCATEVI IL SALDO!

GRAZIE, SIGNOR GOLDFIELD.

USCITI I DUE, GOLDFIELD FA UN CENNO A BOULDER, LA SUA GUARDIA DEL CORPO.

FAI UN SALTO AL "SILVER".

29

NON PER NOI, AMIGO!... CI BASTANO QUATTRO BIRRE FRESCHE.

EHI, SCERIFFO!... SE CERCATE SCOTTY, È ENTRATO GIUSTO ADESSO CON IL SUO INSEPARABILE AMICO!

?!!

DATEMI IL CAPPELLO E LASCIATE FARE A ME.

?!!

APPENA I DUE SONO VICINI AL BANCO, TEX MUOVE LORO INCONTRO PORGENDO IL COPRICAPO...

?!! ?

TIENI!

E UN'ALTRA VOLTA STAI PIÙ ATTENTO, AMIGO!

!!

UN DITO PIÙ IN BASSO, E LA PALLOTTOLA, INVECE DI BUCARE IL CAPPELLO, SAREBBE FINITA NELL'IMMONDEZZAIO CHE HAI AL POSTO DEL CERVELLO.

SOLTANTO ACCERTARE SE QUEL CAPPELLO ERA DEL TUO COMPARE.

!!

INUTILE AGGIUNGERE, NATURALMENTE, CHE SARÀ INTERESSANTE SENTIRTI RACCONTARE DOVE VOI DUE SCAGNOZZI ERAVATE CIRCA UN'ORA FA.

?!

QUESTO VE LO POSSO DIRE IO, SE DAVVERO CI TENETE A SAPERLO: ERANO TUTTI E DUE CON ME AL CAMPO DELLA CAROVANA.

? BOULDER!

SODDISFATTO?

IMMAGINO CHE CI SARANNO ALTRI GALANTUOMINI PRONTI A SOSTENERE LA TUA TESTIMONIANZA!

NATURALMENTE, SIGNOR CURIOSO!... JIM CLAYTON, PER ESEMPIO.

I SACCHI DI LARDO COME TE VANNO DI TANTO IN TANTO SBATACCHIATI, PER EVITARE CHE MARCISCANO.

MALEDETTO VERME!

NO!...FERMI!

ANDATE FUORI DAL MIO LOCALE!

TI SPEZZERÒ TUTTE LE OSSA, VAGABONDO!

MA TEX, OLTRE AD AVERE DEI MUSCOLI D'ACCIAIO, HA ANCHE UNA PROFONDA CONOSCENZA DI TUTTI I "COLPI" DI LOTTA LIBERA. E, ABBASSATOSI FULMINEAMENTE, SI RIALZA POI DI SCATTO, FACENDO VOLARE L'AVVERSARIO.

?!

36

37

UNA DOMANDA, SCERIFFO. CHI È IL SACCO DI TRIPPA INTERVENUTO IN DIFESA DI QUESTI DUE MOLLUSCHI?

SAM BOULDER. È L'UOMO DI FIDUCIA DEL SIGNOR GOLDFIELD!

UHM!... E QUESTO GOLDFIELD CHI SAREBBE?

IL PADRETERNO CHE FA IL BELLO E IL BRUTTO TEMPO IN PAESE.

POSSIEDE IL "MERCANTILE", L'HOTEL "FLORA", QUESTO SALOON, IL "GOLDFIELD STORE" E LA SCUDERIA DEL PAESE.

UHM!

IN PIÙ SI OCCUPA DI ORGANIZZARE LE CAROVANE DIRETTE ALL'OVEST, E CREDO CHE ABBIA ANCHE LO ZAMPINO NELLA BANCA DI CEDAR CITY.

DIAVOLO!... IL SOLITO SIGNOR "PEZZO GROSSO"!

39

E, NATURALMENTE ANCHE QUEI DUE, SCOTTY E YUNKER, FANNO PARTE DEL PICCOLO REGNO DI MISTER GOLDFIELD, IMMAGINO!

SÌ.

LAVORANO GENERALMENTE CON JIM CLAYTON, COME UOMINI DI SCORTA DELLE CAROVANE, E PERCIÒ SONO SEMPRE AGLI ORDINI DEL SIGNOR GOLDFIELD.

BENE, BENE!

MI PARE CHE LA STORIA COMINCI A FARSI ABBASTANZA CHIARA.

A COSA INTENDETE ALLUDERE?

ASPETTA A PARLARE, TEX. FORSE È MEGLIO SENTIRE COSA AVRÀ DA DIRE QUEL CLAYTON.

GROCERY AND GLASS

HÜSLER HOTEL

E CHE VUOI CHE DICA?... PUOI SCOMMETTERE TUTTO CIÒ CHE HAI, CHE LUI CONFERMERÀ SIA LE PAROLE DI MISTER TRIPPONE CHE QUELLE DEI DUE COMPARI.

UHM!

SBAGLIO O STATE INSINUANDO CHE ANCHE CLAYTON SIA IMMISCHIATO NELLA MORTE DI QUEL POVERO DIAVOLO?

NON SBAGLIATE PER NIENTE, SCERIFFO. COMUNQUE, SE CI TENETE A VEDER CHIARO IN QUESTA BRUTTA FACCENDA, LIMITATEVI A FAR DOMANDE SENZA SPORGERE ACCUSE, QUANDO SAREMO DA QUEL CAPO-CAROVANA. AL PUNTO IN CUI STANNO LE COSE, E' FORSE MEGLIO NON METTERE IN ALLARME NE' LUI NE' I SUOI AMICI!

LIETO DI ACCONTENTARVI, WILLER!

SE COMMETTETE UN ERRORE VOI, BEH, POTETE SEMPRE SELLARE I CAVALLI E ANDARVENE, MA SE SBAGLIO IO...

QUESTO LO SO!

PORTARE LA STELLA E' UN MESTIERE PESANTE, SPECIE SE SI DEVE VIVERE IN UN PAESE DOVE QUASI TUTTO E' NELLE MANI DEL SOLITO "PEZZO GROSSO" CHE PUO' CONTROLLARE I VOTI DELLA GENTE.

INTANTO, SALTATO SU UN CAVALLO E FATTO UN LARGO GIRO PER NON FARSI VEDERE DA TEX E DAI SUOI COMPAGNI, UNO DEI DUE UOMINI CHE SI TROVAVANO POCO PRIMA NEL SALOON, STA ARRIVANDO AL CAMPO DEGLI EMIGRANTI, POSTO A MENO DI UN MIGLIO DAL PAESE.

MISTER CLAYTON!

?!

?

VA A FUOCO IL PAESE?

NON SCHERZATE!

E IN POCHE PAROLE, L'UOMO RIFERISCE IN MODO PARTICOLAREGGIATO QUELLO CHE E' APPENA ACCADUTO.

... E HO SENTITO CHE STANNO VENENDO QUI.

ALL'INFERNO!

SAI CHI SONO?

WILLER E CARSON? NON FARMI SPRECARE IL FIATO.

LA PEGGIOR COPPIA DI VELENOSI ROMPISCATOLE CHE ABBIA MAI GALOPPATO SULLA FACCIA DI QUESTA SPORCA TERRA!

E HAI DETTO POCO!

TIENI! E TORNA IN PAESE FACENDO LA STESSA STRADA. NON SI SA MAI.

GRAZIE, MISTER CLAYTON!

YAAAHAAAA!!!

WILLER E CARSON! IL CIELO LI FULMINI!

CALMA, JIM! DOPOTUTTO, CHE FASTIDIO POSSONO DARCI?

METTI CHE SIANO QUI PER INDAGARE SUI NOSTRI VIAGGI.

SCHERZI?

NON E' ANDATO SEMPRE TUTTO LISCIO? SI E' FORSE LAMENTATO QUALCUNO PER LE GRANE INCONTRATE LUNGO LA PISTA?

UHM!

QUALCUNO DI QUELLI ARRIVATI IN CALIFORNIA POTREBBE MAGARI AVER SCRITTO A QUALCHE AMICO DELL'EST, E QUESTI, A SUA VOLTA...

BAH! STAI LAVORANDO DI FANTASIA!

CHI E' GIUNTO LAGGIU' HA SICURAMENTE DIMENTICATO PIU' CHE ALLA SVELTA I SUOI GUAI, O AL MASSIMO NE HA PARLATO, MAGARI VANTANDOSENE, AI CONOSCENTI RADUNATI INTORNO A UN TAVOLO...

CINQUE UOMINI SI ALLONTANANO, E BERT NON RIESCE A TRATTENERE UN'IMPRECAZIONE...

GLI VENGA UN ACCIDENTE SECCO A TUTTI QUANTI! HAI SENTITO QUEL WILLER?

CERTO! MA, DETTO FRA NOI, SE TI AVESSE SCAZZOTTATO, TE LO SARESTI DAVVERO MERITATO, BERT.

CHE BISOGNO C'ERA DI STUZZICARLO A PROPOSITO DEGLI INDIANI?

AL DIAVOLO! E' STATO LUI A COMINCIARE.

STUPIDO!... LO HA FATTO APPOSTA PER PROVOCARE UNA REAZIONE, E TU PER POCO NON CASCAVI NELLA SUA TRAPPOLA. BAH!

!!

DICI CHE NON HA PRESO PER BUONA LA TUA TESTIMONIANZA?

NON LUI!

PUO' AVERLA BEVUTA LO SCERIFFO, CHE NON HA INTERESSE A GIUOCARSI IL POSTO, MA NON TEX WILLER.

SICURO?

48

ESATTO. CIÒ NON TOGLIE CHE SE POSSO ESSERVI UTILE A RISOLVERE IL CASO...

POTRESTE INTANTO PRESENTARCI ALLA GENTE DELLA CAROVANA CHE QUEL POVERO DIAVOLO AVREBBE DOVUTO GUIDARE.

LO FARÒ SUBITO, WILLER!... SONO GIUSTO ACCAMPATI ALL'ALTRA ESTREMITÀ DEL PAESE.

MUY BIEN.

NELLO STESSO MOMENTO...

ECCOLI!... STANNO PASSANDO PROPRIO ADESSO.

?!

E CHI È CHE HA PESTATO BOULDER?

IL TIPO ALLA SINISTRA DELLO SCERIFFO, SIGNOR GOLDFIELD.

UHM... HA L'ARIA DEL DURO, MA NESSUNO SCOMMETTEREBBE SU DI LUI, IN CONFRONTO CON IL MIO BOULDER!

BISOGNA VEDERLO ALL'OPERA.

GOLDFIELD STORE

UN TIPO PIENO DI TRUCCHI?

CONOSCE ANCHE QUELLI, CERTO!

MA HA ANCHE DEI PUGNI CHE DEVONO ESSERE MAZZATE, SIGNORE!

?!

QUANDO HA COLPITO BOULDER ALLA MASCELLA, LO HA QUASI SOLLEVATO DA TERRA, ACCIDENTI!... ROBA DA STACCARE LA TESTA DAL COLLO A CHIUNQUE ALTRO.

GOLDFIEL

TIENI!... E CERCAMI SCOTTY E YUNKER.

GRAZIE, PADRONE!

USCITO L'UOMO, GOLDFIELD SI VERSA UN'ABBONDANTE DOSE DI WHISKY.

UNA VERA SECCATURA.

NON DI PROFESSIONE, MA SE INTENDETE ANDARE IN CALIFORNIA, I MIEI PARDS E IO CONOSCIAMO BENISSIMO LA PISTA.

VI RINGRAZIO, MISTER WILLER, MA...

ASPETTA A DIR DI NO, ELIA.

LA MORTE DELLO SVENTURATO KANAB CI HA LASCIATI NELLE MANI DEL SIGNORE, E ADESSO, CON IL SUO DIVINO AIUTO, DOBBIAMO CERCARE DI CONTINUARE A CONDURRE GLI ALTRI CONFRATELLI NELLA TERRA PROMESSA.

LO SO, FRATELLO MARCUS, MA POSSO AFFIDARE LE NOSTRE VITE E I NOSTRI BENI A GENTE CHE NON CONOSCIAMO?

DIMENTICHI CIO' CHE HANNO GIA' FATTO PER NOI?

E DIMENTICHI CHE, SENZA DI LORO, LA FIGLIA DEL POVERO KANAB AVREBBE CERTO PERSO ANCHE LEI LA SUA GIOVANE VITA?

QUESTO E' VERO, FRATELLO MARCUS, MA E' ANCHE VERO CHE...

LO SO COSA VUOI DIRE. ESSI NON VIVONO SECONDO LA SACRA SCRITTURA, E TUTTAVIA TU NON PUOI DECIDERE DA SOLO.

CONOSCETE VERAMENTE LA PISTA DELLA CALIFORNIA, MISTER WILLER?

LA CONOSCIAMO TUTTI E QUATTRO, E MOLTO BENE.

POTETE CREDERE ALLA SUA PAROLA, SIGNOR GLENDON!

PERFETTO. E IL VOSTRO PREZZO?

NIENTE DENARO, SIGNOR GLENDON.

L'UCCISIONE DELL'UOMO CHE DOVEVA GUIDARVI IN CALIFORNIA MI FA PENSARE CHE NON SI SIA TRATTATO DI UN OMICIDIO A SCOPO DI RAPINA, BENSI' DELLA PRIMA TRAGICA MOSSA DI UN PIANO ORDITO AI VOSTRI DANNI.

NON SO QUANTI QUATTRINI PORTIATE CON VOI, NE' SE ABBIATE COSE DI MOLTO VALORE SUI VOSTRI CARRI, PERO' QUALCOSA MI DICE CHE C'E' GENTE, QUI A CEDAR CITY, BEN DECISA A IMPEDIRVI DI ARRIVARE IN CALIFORNIA. E GIA' CHE CI SIAMO, PERMETTETEMI UNA DOMANDA. PERCHE' AVEVATE DECISO DI NON UNIRVI ALLA CAROVANA GUIDATA DA CLAYTON?

DIGLIELO PURE, FRATELLO MAR-CUS!

CERTAMENTE!

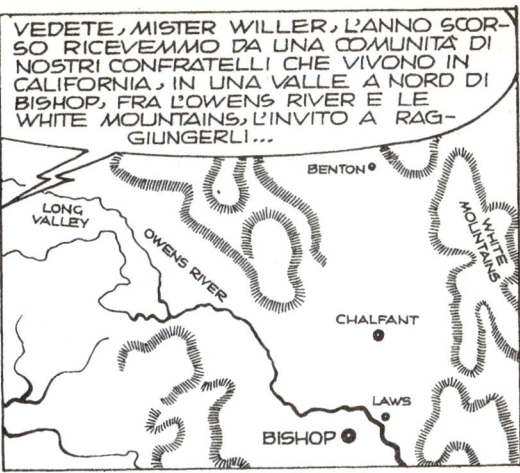

VEDETE, MISTER WILLER, L'ANNO SCOR-SO RICEVEMMO DA UNA COMUNITÀ DI NOSTRI CONFRATELLI CHE VIVONO IN CALIFORNIA, IN UNA VALLE A NORD DI BISHOP, FRA L'OWENS RIVER E LE WHITE MOUNTAINS, L'INVITO A RAG-GIUNGERLI...

BENTON

LONG VALLEY

OWENS RIVER

WHITE MOUNTAINS

CHALFANT

LAWS

BISHOP

DESCRIVEVANO LA VALLE COME LA TERRA PROMESSA PER LA NOSTRA GENTE E CI CONSIGLIAVANO DI FARE PROVVISTE A CEDAR CITY, ATTRAVER-SARE IL SUD DEL NEVADA FINO AL MONTGOMERY PASS E DI LI SCEN-DERE POI A BENTON.

RACCOMANDAVANO PERÒ DI AFFIDARE LA CAROVANA A QUALCUNO DEI NOSTRI CONFRATELLI PRATICO DI QUEI TERRITO-RI, O ALMENO A UN UOMO DI ASSO-LUTA FIDUCIA...

?!

...E, IN OGNI CASO, DI RESPINGERE ASSOLU-TAMENTE LE OFFERTE DI GUIDARCI IN CA-LIFORNIA CHE CI VENISSERO FATTE DA UN CERTO CLAYTON.

SENTI... SENTI...

CHE NE DICI?

PUZZA SEMPRE PIU' FORTE!

CI ORGANIZZAMMO E TROVAMMO UNA GUIDA IN ELY KANAB, UN UOMO CHE CONOSCEVA LA PISTA E CI ERA STATO RACCOMANDATO DA AMICI MORMONI, MA...

NON AGGIUNGETE ALTRO, SIGNOR GLENDON. IL RESTO È STORIA RECENTE, E PURTROPPO PER QUEL POVERETTO E PER SUA FIGLIA, È UNA GRAN BRUTTA STORIA.

INUTILE CHE VI RINNOVI L'OFFERTA, COMUNQUE. MI LIMITERÒ SOLTANTO A RIPETERVI LA MIA CONVINZIONE CHE GROSSI PERICOLI MINACCIANO LA VOSTRA CAROVANA!

DECIDETE PERCIÒ SECONDO LA VOSTRA COSCIENZA, MA ATTENTI A NON COMMETTERE ERRORI...

A QUANTO HO NOTATO, VI SONO ANCHE DONNE E RAGAZZI CON VOI.

LA NOSTRA FEDE È COME UNA FIAMMA CHE RISCHIARA LE TENEBRE, MISTER WILLER, E IL SIGNORE...

D'ACCORDO, D'ACCORDO! MA NON TUTTI SONO COME VOI.

DISARMATI COME SIETE, SARESTE FACILE PREDA PER GLI SHOSHONI E I PIUTES. NON DIMENTICATELO!

58

FA PARTE DEL GIRO D'AFFARI DEL SIGNOR GOLDFIELD: SI SERVE NATURALMENTE SOLO DA LUI PER I RIFORNIMENTI DELLE CAROVANE, CHE SI INCARICA POI DI GUIDARE SULLA PISTA DELLA CALIFORNIA.

IL SUO SCOUT È BERT ADAMS, QUELLO CHE AVETE CONOSCIUTO POCO FA, E COME SCORTA SI SERVE DI SCOTTY E YUNKER.

E QUEL BOULDER?

BOULDER NON ENTRA NELLA FACCENDA. SI OCCUPA DEL CONTROLLO DEL SALOON E TIENE D'OCCHIO LE MOSSE DEL SUO PADRONE.

HO CAPITO, È IL SUO "GORILLA".

PIÙ O MENO. E ADESSO? COSA FARETE SE QUEI QUACCHERI DECIDERANNO DI ARRISCHIARSI DA SOLI SULLA PISTA?

L'UNICA COSA POSSIBILE.

PRENDERÒ DEI CAVALLI DI SCORTA, MI FARÒ UNA BUONA PROVVISTA DI VIVERI E MUNIZIONI, E MI METTERÒ ANCH'IO SULLA STRADA DI QUELLA BRAVA GENTE.

UHM! NON VOLETE MOLLARLI, EH?

E VOI, AL MIO POSTO, CHE FARESTE?

AVETE RAGIONE, WILLER.

60

TOH! ECCOLO QUI L'ALTRO BEL CAMPIONE! VIENI AVANTI, BOULDER!

E COSÌ SEMBRA CHE ANCHE TU SIA ANDATO A SBATTERE CONTRO QUALCUNO PIÙ DRITTO DI TE!

PURA SFORTUNA, PADRONE.

STORIE!

MI HANNO DETTO CHE LA PRIMA VOLTA TI HA STESO, E LA SECONDA TI HA FATTO ADDIRITTURA SVOLAZZARE OLTRE IL BANCO. GIUSTO?

ALL'INFERNO! È VERO! MA NON FINIRÀ COSÌ, MALEDIZIONE.

GLI VOGLIO STACCARE LA TESTA DAL COLLO, A QUEL BASTARDO, E POI...

SCORDATELO.

QUELL'UOMO E I SUOI COMPAGNI SONO GIÀ SULLA LISTA DI SCOTTY E YUNKER, PERCIÒ TU RIMANI TRANQUILLO E ACCONTENTATI DI FARE DA SPETTATORE!

DEVO PROPRIO STARMENE FUORI?

NON FARMELO RIPETERE! DEL RESTO TU HAI SOLO LA TUA FORZA DA METTERE SULLA BILANCIA, MENTRE QUESTO È UN AFFARE DA REGOLARE CON DEI BUONI FUCILI!

QUANDO VOLETE CHE CI METTIAMO AL LAVORO, SIGNOR GOLDFIELD?

VI DO VENTIQUATTR'ORE DI TEMPO PER LEVARMELI DAI PIEDI, E NIENTE SBAGLI, STAVOLTA. PRENDETE GLI UOMINI CHE VOLETE E ORGANIZZATE UNA TRAPPOLA COME SI DEVE...

GOLDFIELD STO

...MA FATE IN MODO CHE QUEI QUATTRO FICCANASO SIANO FUORI GIUOCO PRIMA DELLA PARTENZA DELLA CAROVANA!

NON VOGLIO GRANE, ACCIDENTI, E...

TOC TOC

E CHI DIAVOLO E', ADESSO? AVANTI!

'SERA, SIGNOR GOLD-FIELD! MI MANDA CLAY-TON PER DARVI QUESTO.

?!

CHE DIAVOLO PUO' AVERE DI TAN-TO URGENTE DA DIRMI?

ALL'INFERNO! COME SE NON LO AVESSI GIÀ SAPUTO!

Mi hanno fatto visita Willer e Carson, due dei peggiori ficcanaso dei Rangers, per la faccenda che sapete. Occupatevene. Sono pericolosi. Molto.
J.C.

TORNA PURE AL CAM-PO, TU, E RIFERI-SCI A CLAYTON CHE STO GIÀ PROVVEDEN-DO.

SI', SIGNOR GOLDFIELD!

USCITO L'UOMO, L'AFFARISTA SI RIVOLGE A SCOTTY E AGLI ALTRI...

A QUANTO PARE, IL NOSTRO CLAYTON CONOSCE BENE SIA WILLER CHE CARSON, E SCRIVE DI ESSERE PREOCCUPATO PER LA LORO PRESENZA DA QUESTE PARTI.

PER ME, CLAYTON ESAGERA, PA-DRONE.

65

ALLORA STATEMI BENE A SENTIRE TUTTI QUANTI...

LIQUOR DEALERS

GOLDFIELD STORE

NELLO STESSO MOMENTO...

E SE NON TROVASSIMO POSTO?

NON ESSERE PESSIMISTA!

FLORA HOTEL

IN OGNI CASO, APPROFITTEREMO PER SENTIRE COME STA QUELLA POVERA RAGAZZA.

D'ACCORDO!

BUONASERA, MISTER. UNA STANZA?

DICIAMO UN PAIO, SE POSSIBILE.

MA CERTO, MISTER. VOLETE INTANTO FIRMARE QUI?

VISTO?

E CHI DICE NIENTE?

IN OGNI CASO, SE AVESTE BISOGNO DI QUALCOSA, LE NOSTRE CAMERE SONO PROPRIO DI FRONTE ALLA VOSTRA.

GRAZIE.

CINQUE MINUTI DOPO, TEX E I SUOI PARDS LASCIANO IL "FLORA"...

POVERETTA!

GIA'... DAVVERO UNA DURA ESPERIENZA, LA SUA!

NON LE ABBIAMO CHIESTO SE ABBIA PARENTI CHE POSSANO EVENTUALMENTE INTERESSARSI DI LEI.

LO FAREMO A SUO TEMPO.

ADESSO METTIAMO DA PARTE OGNI PREOCCUPAZIONE E ANDIAMO A SENTIRE COME SANNO FARE LE BISTECCHE DA QUESTE PARTI!

CIRCA DUE ORE DOPO, IL GRUPPETTO RIENTRA IN ALBERGO.

BEH, BUONANOTTE, GENTE.

'NOTTE, VECCHIO MIO. E SOGNI D'ORO!

69

POCO DOPO, NELLA PARTE POSTERIORE DELL'ALBERGO...

DENTRO!

IL FAZZOLETTO!

BALDY HA DETTO CHE È AL DODICI.

CI SIAMO!

12

71

72

VENIVA DALLA CAMERA DI MISS JUDY!

SENTITO?

FORSE LA RAGAZZA HA FATTO UN BRUTTO SOGNO.

NELLO STESSO MOMENTO, E QUASI CONTEMPORANEAMENTE, LE PORTE DELLE DUE OPPOSTE CAMERE SI APRONO, E...

DANNAZIONE!

FERMO DOVE SEI!

PER TUTTA RISPOSTA, YUNKER BALZA ALL'INTERNO IMPRECANDO...

SIAMO NEI GUAI, MALEDIZIONE!

SLAM

?!

ZING

ZING

76

77

HAI VISTO CHI ERANO?

QUELLO ALLA FINESTRA ERA FACILE DA RICONOSCERE, ANCHE SE MASCHERATO. *BOULDER!*

UHM! SI PUO' ALLORA IMMAGINARE CHI FOSSERO GLI ALTRI.

NATU-RALMEN-TE.

COMUNQUE, DUE DI LORO SONO A FACCIA NELLA POLVERE GIU' NEL VICOLO, E, APPENA VERRA' LO SCERIFFO, SCENDEREMO A IDENTIFICARLI.

GLI UOMINI MASCHE-RATI...

NON PENSATECI PIU', JUDY.

SONO GIA' IN VIAGGIO PER L'INFERNO, MISS, E NON CREDO PROPRIO CHE POTRANNO DARVI ALTRI FASTIDI!

MIO DIO!

EHI, WILLER!

TOH! E' ARRIVATO IL NOSTRO TUTORE DELLA LEGGE!

SPIACENTE DI AVERVI FATTO SVEGLIARE, SCERIFFO!

PUAH! POTETE VANTARVI DI AVER TIRATO GIU' DAL LETTO MEZZO PAESE. COM'E' ANDATA?

HANNO TENTATO DI PORTAR VIA LA RAGAZZA!

MA VENITE SU!... PARLEREMO CON PIU' COMODO!

BUENO!

DAVANTI ALLA SCUDERIA HANNO TROVATO UN CAVALLO E YUNKER CON UN PIEDE ANCORA IMPIGLIATO IN UNA STAFFA.

ENTRA ANCHE LUI NEL VOSTRO CONTO?

NON HO POTUTO FARNE A MENO, SCERIFFO. INSISTEVA NEL CERCARE DI IMPIOMBARMI, E PERCIO'...

NON DITE ALTRO, WILLER!

SVELTO, EH, IL TIPO LASSU'?!

ANCHE TROPPO!

AVVERTITE LISTER CHE VENGA QUI CON IL SUO CARRO E SI PORTI VIA QUESTI DUE E QUELLO RIMASTO DAVANTI ALLA SCUDERIA. NON C'E' ALTRO DA FARE, ORMAI.

SALVO SCAVARE TRE FOSSE A BOOTHILL.*

BOULDER FATTO SECCO!... AL SIGNOR GOLDFIELD VERRA' UN ACCIDENTE.

* BOOT-HILL = LETTERALMENTE: COLLINA DEGLI STIVALI. ERA UN'ALTURA GENERALMENTE VICINA A UN PAESE, DOVE VENIVANO SEPPELLITI I MORTI.

POCHI MINUTI DOPO, LO SCERIFFO RAGGIUNGE TEX E GLI ALTRI, E ASCOLTA PERPLESSO IL RACCONTO DEI FATTI...

...E ADESSO NE SAPETE QUANTO NOI.

MA PERCHE'? INTENDO DIRE: PERCHE' TENTAR DI RAPIRE QUESTA RAGAZZA?

LO CHIEDETE A ME?

83

SE AVESSI AVUTO LA FORTUNA DI METTER LE MANI SU UNO DEI RAPITORI, LA RISPOSTA GLIEL'AVREI CERTO CAVATA DI BOCCA, A COSTO DI ROMPERGLI TUTTE LE OSSA!

PURTROPPO, LE COSE SONO ANDATE DIVERSAMENTE E LA RISPOSTA ORMAI LA CONOSCE SOLO CHI HA MANDATO QUI QUEI MANIGOLDI.

GOLDFIELD?

E CHI SE NON LUI? BOULDER ERA LA SUA GUARDIA DEL CORPO, E IN QUANTO AGLI ALTRI DUE...

LO SO. ERANO ANCHE LORO AI SUOI ORDINI. PERÒ, SE INTENDETE SPORGERE UN'ACCUSA CONTRO DI LUI VI SARÀ DIFFICILE PROVARLA.

E VOI CREDETE DAVVERO CHE IO POSSA PERDERE DEL TEMPO A FIRMARE SCARTOFFIE DESTINATE SOLO A SCOMODARE GIUDICE E GIURIA INUTILMENTE?

NO, SCERIFFO. SENZA PROVE INCONFUTABILI, PROCESSARE GOLDFIELD SAREBBE SOLO TEMPO SPRECATO. FIGURATEVI SE, NELLA SUA POSIZIONE, NON SI AFFRETTEREBBE A FAR VENIRE QUI UN VAGONE DI ABILISSIMI AVVOCATI CHE LO TIREREBBERO FUORI DAI GUAI IN UN BATTIBALENO. NO, NIENTE RICORSO ALLA LEGGE, SCERIFFO!

E ALLORA, CASO CHIUSO?

SVELTI, DATEVI DA FARE! E QUANDO AVRETE FINITO, BUTTATE PER ARIA UN PO' DI ROBA, COME SE CI FOSSERO STATI DEI LADRI A FRUGARE DAPPERTUTTO! CHIARO?

SI', SIGNOR GOLDFIELD!

POI ANDRETE FINO A ENOCH, MA LI' TAGLIERETE ATTRAVERSO LA VALLATA DEL NEWCASTLE E FILERETE DRITTI SU ELGIN, DOVE ASPETTERETE IL PASSAGGIO DELLA CAROVANA.

DOBBIAMO DIRE QUALCOSA A CLAYTON?

NATURAL-MENTE!

RACCONTATEGLI QUEL CHE È SUCCESSO STANOTTE, E DITEGLI DI STARE BENE IN GUARDIA. WILLER E' SOCI GLI SI METTERANNO QUASI SICURAMENTE ALLE CALCAGNA...

...E LUI DOVRÀ EVITARE DI FARE I SOLITI GIUOCHETTI FINO A CHE NON SI SARÀ SBARAZZATO DI LORO. CHIARO?

SÌ, SIGNOR GOLDFIELD!

... E PROVOCANDO LA CADUTA DELLA LAMPADA...

?!

CRASH

SANGUE DEL DEMONIO! STA PER ANDARE TUTTO IN MALORA!

E IO NON POSSO NEMMENO INVOCARE AIUTO. DANNAZIONE A QUEI DUE VERMI!

PER QUALCHE ATTIMO, L'ATTERRITO AFFARISTA FISSA QUASI AFFASCINATO LE FIAMME CHE SI LEVANO SEMPRE PIÙ ALTE, POI SI SCUOTE...

PER L'INFERNO! DEVO ASSOLUTAMENTE USCIRE DI QUI...

...ROTOLA SINO ALLA PORTA E LA SPALANCA CON UN CALCIO.

TUM

91

ORA POTREI ANCHE ROMPERMI L'OSSO DEL COLLO, MA IN OGNI CASO SARÀ SEMPRE MEGLIO CHE BRUCIARE VIVO.

UN ATTIMO DOPO, GOLDFIELD SI LASCIA ROTOLARE GIÙ DALLA SCALA...

...E STAVOLTA LA FORTUNA È CON LUI.

NON HANNO RICHIUSO LA PORTA... SONO SALVO!

NELLO STESSO MOMENTO...

EHI, SLIM! COS'E' QUESTO CHIARORE ROSSASTRO?...

MA E' IL FUOCO!

92

DIECI MINUTI DOPO, QUASI TUTTO IL PAESE E' SULLA VIA DOVE SORGE LA CASA DELL'AFFARISTA, IL QUALE, NEL FRATTEMPO, E' STATO LIBERATO DA ALCUNI CITTADINI ACCORSI SUL LUOGO DEL DISASTRO, MENTRE ALTRI SI DANNO DA FARE PER CIRCOSCRIVERE E SPEGNERE L'INCENDIO...

CHI E' STATO, SIGNOR GOLDFIELD?

LASCIATEMI RESPIRARE, POI VI DIRO' TUTTO!

E NELLO STESSO MOMENTO, ALL'HOTEL "FLORA"...

...E I PRIMI ACCORSI HANNO TROVATO GOLDFIELD LEGATO E IMBAVAGLIATO.

UN ACCIDENTE DI STORIA, QUESTA!

CORAGGIO! ANDIAMO ANCHE NOI LAGGIU'. TANTO E' INUTILE PENSARE DI POTER TORNARE A CUCCIA E GODERCI ANCORA UN PO' DI SONNO.

VOI CHE NE PENSATE?

E CHE VOLETE CHE PENSI? STANOTTE E' LA SECONDA VOLTA CHE MI TIRANO GIU' DAL LETTO...

NON PRENDETEVELA CON NOI.

...E QUANDO PENSO CHE, PRIMA DEL VOSTRO ARRIVO, QUESTO PAESE ERA TRANQUILLO...

DICIAMO INVECE CHE IL VOSTRO PAESE ERA UN PO' COME CERTI SASSI CHE SI TRO-
VANO SULLE SPONDE DEI CORSI D'ACQUA: AL DI SOPRA APPAIONO LISCI E PULITI,
MA, SE PROVATE A RIVOLTARLI, SOTTO CI TROVATE CERTI VERMI LUNGHI COSI!

UHM! AVETE PROPRIO MES-
SO IL DITO SULLA PIAGA,
ACCIDENTI!

FLORA HOTEL

POCO DOPO...

CERTO CHE LI HO RI-
CONOSCIUTI, MA QUE-
STA È UNA FACCENDA
CHE SBRIGHERÒ A MODO
MIO. NIENTE SCERIFFO,
DANNAZIONE!

CON
PERMES-
SO!

LO SCE-
RIFFO!

E CI SONO ANCHE QUEI
MALEDETTI ROMPISCA-
TOLE...

PARLAVA-
TE DI ME,
SE HO BEN
SENTITO?

STAVO GIUSTO DICENDO CHE NON AVRÒ
BISOGNO DI SCERIFFI PER AGGUANTA-
RE I FARABUTTI CHE MI HANNO DERU-
BATO E MESSO A FUOCO LA CASA.

SAPETE
CHI
SONO?

NATURALMENTE! QUEI GIUDA NON SI SONO NEMMENO CURATI DI MASCHERARSI, TANTO ERANO SICURI CHE SAREI POI MORTO NELL'INCENDIO DA LORO APPICCATO. ERANO IN CINQUE: BOULDER, SCOTTY, YUNKER, BILLY WATT E TOM HAZEL!

MA NON ANDRANNO LONTANO, MALEDIZIONE! CI PENSERÀ CLAYTON CON LA SUA GENTE A RITROVARLI, E...

CALMA!

INNANZITUTTO DEVO DIRVI CHE TRE DEGLI UOMINI CHE AVETE NOMINATO SONO GIÀ STATI FERMATI DA WILLER E DAI SUOI AMICI. E IN QUANTO AGLI ALTRI DUE, VI AVVERTO CHE NESSUNO PUÒ SOSTITUIRSI ALLA LEGGE.

LI AVETE FERMATI VOI?

GIÀ, MISTER GOLDFIELD! E CON DEL PIOMBO CALDO!

MA NON CREDIATE CHE NE SIA SODDISFATTO, MISTER. QUANDO UN PISTOLERO MUORE, NON SI PUÒ PIÙ FARGLI SPUTARE IL NOME DELLA BAVOSA CAROGNA CHE LO HA PAGATO PER FARE IL SUO SPORCO MESTIERE...

?!

QUALCHE MINUTO DOPO, TEX E I SUOI PARDS SEGUONO LO SCERIFFO NEL SUO UFFICIO.

INUTILE CHIE-DERVI COSA NE PENSIA-TE.

NON E' ABBASTANZA CHIARO ANCHE PER VOI ?

IL NOSTRO FURBONE, APPENA GLI E' STATO RIFERITO L'INSUCCESSO DEL TENTATIVO DI RAPIMENTO DELLA RAGAZZA, HA CAPITO DI TROVARSI INGUAIATO, E, PER DISTOGLIERE DA SE' I SOSPETTI, HA IDEATO IL TRUCCO DELLA FINTA AGGRESSIONE...

IL PIANO, ABBASTANZA ASTUTO, E' PERO' MISERAMENTE NAUFRAGATO PER UN MOTIVO CHE SOLO I DUE IN FUGA POTRANNO CHIARIRE, E COSI' IL BRAVO SIGNOR GOLDFIELD SI E' RITROVATO UNA VOLTA TANTO NELLA INSOLITA VESTE DI VITTIMA.

IMMAGINO CHE VORRETE VENIRE CON ME !

A CACCIA DI QUEI TIZI? NON PENSATECI NEMMENO.

LA GROSSA PARTITA SI SVOLGERÀ DA BEN ALTRA PARTE, SCERIFFO, E NOI NON VOGLIAMO PERDERE L'OCCASIONE DI GIUOCARE LA NOSTRA MANO.

LA CAROVANA DEI QUACCHERI ?

ESATTO. QUELLA E' LA PISTA CHE SEGUIREMO E, IN QUANTO ALLA VOSTRA, PERMETTETEMI DI DARVI UN CONSIGLIO!

OSSIA?

DIVIDETE GLI UOMINI CHE RIUSCIRETE A RADUNARE IN DUE GRUPPI, IN MODO DA POTER BATTERE CONTEMPORANEAMENTE SIA LA STRADA CHE PORTA NEL NEVADA, SIA QUELLA DELL'ARIZONA, MA FATELO SENZA PERDERE TEMPO!

SE LE COSE SONO ANDATE COME PENSO IO, GOLDFIELD FARA' SICURAMENTE DI TUTTO PER IMPEDIRE CHE I DUE CHE LO HANNO RAPINATO FINISCANO VIVI NELLE VOSTRE MANI!

ME NE RICORDERO'!

E FARETE BENE. AL PUNTO IN CUI SIAMO, TUTTE LE MOSSE SARANNO BUONE, PER IL NOSTRO GRANDUOMO, PUR DI NON LASCIAR PROVE CHE LO POSSANO TRASCINARE DAVANTI A UN GIUDICE.

E VOI?

CI DAREMO DA FARE A MODO NOSTRO, SCERIFFO. INTANTO, VISTO CHE E' QUASI L'ALBA, ANDRO' AL CAMPO DEI QUACCHERI PER SENTIRE COS'HANNO DECISO. E, COMUNQUE VADANO LE COSE, SONO CERTO CHE LAGGIU' TROVEREMO DEL BUON CAFFE', CALDO E FORTE.

SU QUESTO POTETE SCOMMETTERCI, WILLER. IO INVECE MI METTERO' IN GIRO PER RADUNARE UN PO' DI VOLONTARI DA TRASCINARE SULLE TRACCE DI QUEI DUE LADRONI.

NON SARÀ UNA COSA FACILE, MA SPERO COMUNQUE DI POTERMI METTERE IN CACCIA SENZA PERDERE TROPPE ORE.

NON DIMENTICATE QUELLO CHE VI HO DETTO, SCERIFFO.

RIMASTO SOLO CON I SUOI PARDS, TEX SI RIVOLGE A CARSON...

CHE NE DIRESTI DI PRENDERE CON TE KIT E ANDARE A FIUTARE L'ARIA CHE TIRA NEI DINTORNI?

E TU?

PRIMA DI DECIDERE, VOGLIO FARE UN SALTO DAI QUACCHERI!

D'ACCORDO. E DOVE CI SI TROVA?

VA BENE AL RISTORANTE VICINO ALL'ALBERGO?

INTESI!

NELLO STESSO MOMENTO...

AL DIAVOLO! QUANTO CI METTONO AD ARRIVARE?

ECCOLI!

100

BUON GIORNO, SIGNOR GOLDFIELD! CI HANNO APPENA DETTO CHE...

ZITTO, E APRITE BENE LE ORECCHIE TUTTI E DUE!

CI SONO QUASI TRENTAMILA DOLLARI CHE STANNO VIAGGIANDO NELLE TASCHE DI BILLY E TOM...

... E LA METÀ SARÀ VOSTRA SE RIUSCIRETE A TROVARE I DUE GIUDA PRIMA CHE LO FACCIA LO SCERIFFO!

HANNO CIRCA DUE ORE DI VANTAGGIO, MA SE AVRETE BUON NASO NEL FIUTARE LA TRACCIA GIUSTA...

STATE TRANQUILLO!

LI CONOSCO BENE, QUEI DUE, E CREDO GIÀ DI SAPERE DA CHE PARTE SIANO ANDATI. UNA SOLA DOMANDA: LI DOBBIAMO POI RIPORTARE QUI?

CHIUDETE LORO LA BOCCA PER SEMPRE E PORTATEMI INDIETRO LA METÀ DI QUEI TRENTAMILA DOLLARI. NON VOGLIO ALTRO.

MOLTO BENE, SIGNORE. A PRESTO.

RIMASTO SOLO, GOLDFIELD SI VERSA UNA BUONA DOSE DI WHISKY.

MAI VISTO UN PERIODO COSI' SCALOGNATO, DANNAZIONE!

IN UNA SOLA NOTTE HO PERSO TRE DEI MIEI UOMINI, UN MUCCHIO DI DOLLARI E IN PIU' CI HO RIMESSO LA CASA.

E TUTTO QUESTO PER COLPA DI QUEI QUATTRO MALEDETTI ROMPISCATOLE!

AL DIAVOLO!... LI FARO' FINIRE TUTTI SOTTOTERRA, DANNAZIONE, E CH'IO SIA IMPICCATO SE POI NON MI PRENDERO' LA PIU' GROSSA SBORNIA DELLA MIA VITA!

FRATTANTO, TEX E TIGER STANNO ARRIVANDO AL CAMPO DEI QUACCHERI...

EHI! CI ASPETTA UN VERO COMITATO DI RICEVIMENTO!

COSI' PARE, VECCHIO MIO!

102

LIETI DI RIVEDER-VI, SIGNORI!

IL CHE SIGNIFICA CHE ACCETTATE LA NOSTRA OFFERTA, MISTER GLENDON?

COSÌ E' STATO DECISO DALLA MAGGIORANZA DEI CONFRATELLI, SIGNOR WILLER.

SAGGIA DECISIO-NE!

E QUANDO PENSATE DI ESSERE PRONTI A PARTIRE?

ANCHE OGGI, SE LO RITENETE OPPORTUNO!

UHM! DICIAMO ALLORA CHE SI POTRÀ PRENDERE IL VIA ALL'ALBA DI DOMANI. IO E I MIEI PARDS DOBBIAMO ANCORA SISTEMARE UN PAIO DI COSETTE, SENZA CONTARE CHE SARÀ NECESSARIO PROCURARCI CAVALLI DI SCORTA E UN BEL PO' DI MUNIZIONI!

LA ROTTURA DI UNA RUOTA POTREBBE SIGNIFICARE L'ABBANDONO DELL'INTERO CARRO, PERCIO'...

STATE TRANQUILLO, SIGNOR WILLER!

ISPEZIONERO' IO STESSO TUTTO QUANTO, E VI GARANTISCO CHE CHI NON SARÀ IN PERFETTA EFFICIENZA DOMANI NON PRENDERA' LA STRADA PER LA TERRA PROMESSA.

MUY BIEN!

PROBABILMENTE CI RIVEDREMO OGGI PER CONSEGNARVI LA NOSTRA ROBA, MA NEL CASO CIO' NON FOSSE POSSIBILE, VI FAREMO AVERE NOSTRE NOTIZIE E, IN OGNI MODO, SAREMO QUI DOMATTINA PER DARVI IL VIA! ADIÓS!

ARRIVEDERCI, SIGNORI!

HANNO SOLO QUALCHE ANTIQUATO SCHIOPPO DA CACCIA, E SI METTONO IN VIAGGIO PER LA CALIFORNIA LUNGO UNA PISTA CHE "SCOTTA" MALEDETTAMENTE! PUAH!

MAI VISTI IN VITA MIA TANTI PAZZI MESSI INSIEME!

E NOI CHE LI SCORTIAMO?

BEH, DIREI CHE ANCHE NEL NOSTRO CERVELLO DEV'ESSERE SUCCESSO QUALCOSA DI POCO CHIARO, ALTRIMENTI CI GUARDEREMMO BENE DAL MUOVERE UN SOLO PASSO IN COMPAGNIA DI QUEGLI SVITATI!

ALLEGRO! HO GIA' IN MENTE UNA CERTA IDEA CHE SERVIRA' A DIMINUIRE I NOSTRI RISCHI!

OSSIA?

TE LO DIRO' APPENA SAREMO DAVANTI A UN PAIO DI BICCHIERI DI BIRRA FRESCA. SPRONA, FRATELLO!

INTANTO, IN PAESE...

UN BRUTTO GUAIO, SIGNOR GOLDFIELD!

AL DIAVOLO! HO FORSE CHIESTO IL TUO PARERE?

TU ADESSO TORNA DI CORSA DA CLAYTON E DIGLI DI ACCELERARE LA PARTENZA. TEMPO VENTIQUATTR'ORE E DOVRETE ESSERE TUTTI GIA' IN VIAGGIO.

E QUEL WILLER?

SE VOLETE, POSSO INCARICARMENE IO, SIGNOR GOLDFIELD.

UN ACCIDENTE! TU OCCUPATI DELLA CAROVANA E BASTA!

106

A MISTER WILLER E AL SUO TERZETTO DI SERPENTELLI PENSERANNO ALCUNI GALANTUOMINI DI MIA CONOSCENZA CHE MANDERO' OGGI STESSO A CHIAMARE!

?!

IN QUANTO A QUEI MALEDETTI QUACCHERI, SE NON VOGLIONO ANDARE CON CLAYTON SE NE STIANO PURE DOVE SONO ADESSO O SE NE VADANO ANCHE ALL'INFERNO, CHE PER ME E' LO STESSO!

UN'ULTIMA COSA, FAI UN SALTO AL "MERCANTILE" E COMUNICA CHE DA QUESTO MOMENTO NON SI DOVRA' VENDERE NEPPURE UNO SPILLO NE' A LORO NE' A WILLER E SOCI!

E CHE PASSINO LA PAROLA ANCHE A TUTTI GLI ALTRI. CHIARO?

SI', SIGNOR GOLDFIELD!

BENE, BUON VIAGGIO, DUNQUE E AVVERTI CLAYTON CHE SE LE COSE ANDRANNO BENE CI SARA' STAVOLTA UN PREMIO EXTRA PER VOI DUE!

DIAVOLO! FILERA' TUTTO A MERAVIGLIA, SIGNOR GOLDFIELD!

POTETE CONTARCI!

UHM! ME LO AUGURO, DANNAZIONE!

107

COMUNQUE, POTETE SEMPRE PROVARE ALLO "STORE" QUI DI FRONTE. PROBABILMENTE LORO POTRANNO ACCONTENTARVI!

CI ANDIAMO SUBITO!

PESTE!... SE NON SBAGLIO QUESTO CIALTRONE DI COMMESSO HA TUTTA L'ARIA DI SPASSARSELA ALLE NOSTRE SPALLE...

TEX! NON TI SEMBRA STRANO CHE IN UN EMPORIO COSÌ GRANDE NON ABBIANO...?

STAI BUONO E NON STRAPAZZARTI IL CERVELLO...

LA PUZZA DI MARCIO L'HO SENTITA ANCH'IO, MA PRIMA DI PRENDERE PROVVEDIMENTI, CI CONVIENE ANDARE A SENTIRE SE ANCHE ALL'ALTRO NEGOZIO CI SUONERANNO LA STESSA MUSICHETTA.

CAPITO!

MI VIEN DA RIDERE ALL'IDEA DI COME RESTERANNO QUEI DUE QUANDO ANCHE ALLO "STORE" AVRANNO LO STESSO TRATTAMENTO.

A ME, INVECE, VIEN DA PIANGERE!

SEI PROPRIO CONVINTO CHE INCASSERANNO SENZA BATTER CIGLIO LA BOTTA DEL SIGNOR GOLDFIELD?

E CHE ALTRO POTREBBERO FARE?

TUTTO QUELLO CHE VEDETE QUI DENTRO E' GIA' VENDUTO A GENTE DEL PAESE, PURTROPPO!

PURTROPPO PER CHI?

BEH, PURTROPPO PER VOI, NATURALMENTE!

GROSSO SBAGLIO, AMIGO!

CHE VOLETE DIRE?

LASCIA CHE PRIMA TI FACCIA UNA DOMANDA: E' ROBA TUA, QUELLA CHE C'E' QUI?

E' DEL SIGNOR GOLDFIELD. IO SONO SOLTANTO IL SUO COMMESSO!

IN QUESTO CASO, RALLEGRATI, MIO CARO "TESTA-DI-VITELLO".

E RALLEGRATI PER DUE ECCELLENTI MOTIVI: PRIMO, PERCHE' NON CI RIMETTERAI UN SOLDO ANCHE SE SFASCEREMO COMPLETAMENTE IL LOCALE E BUTTEREMO LA MERCE IN STRADA, E SECONDO, PERCHE' IN QUESTO MOMENTO IL MIO PARD E IO SIAMO TANTO DI BUON UMORE DA NON CEDERE ALLA TENTAZIONE DI SMANTELLARTI LA DENTIERA A CALCI!

111

DIAVOLO! IO...

NON SPRECARE ALTRO FIATO, GIUGGIOLO-NE!

E NON STRILLARE!

LA GENTE CHE STRILLA MI RENDE NER-VOSO E QUANDO SONO NERVOSO NON RIESCO A CONTROLLARE IL DITO CHE PREME SUL GRILLETTO!

?!?

DA DOVE COMIN-CIAMO?

A SMANTELLARE IL LO-CALE?.. FOSSI IN TE, INI-ZIEREI DA QUEI BA-RATTOLI LASSU'!

BANG! BANG! BANG!

BUONA IDEA!

ZING

ZING

E SE NON SBAGLIO, SU QUELL'ALTRA SCANSIA MI PARE CHE CI SIA QUALCO-SA CHE ASSOMIGLIA STRANAMENTE A...

FERMO! NON SPARA-TE!

STORE

112

SONO SCATOLE DI CARTUCCE, E...

COME È POSSIBILE, OMETTO?

HAI APPENA FINITO DI DIRCI CHE NON HAI PIÙ UNA SOLA CARTUCCIA, E ORA SALTA FUORI CHE NE HAI SCATOLE INTERE?

NON È COLPA MIA, SIGNOR WILLER!

ABBIAMO AVUTO ORDINI PRECISI, E...

ORDINI DI MISTER GOLDFIELD?

SÌ, SIGNORE!... NIENTE MERCI NÈ PER VOI, NÈ PER LA CAROVANA DEI QUACCHERI!

INTERESSANTE!

SALVE, WILLER!... AVETE PER CASO INTENZIONE DI RAPINARE IL NEGOZIO?

UH!... IL NOSTRO BUON SCERIFFO!

?!

NIENTE DI TANTO TRAGICO, STAVAMO SOLO CHIACCHIERANDO CON QUESTO SIMPATICONE!

CON UNA COLT IN PUGNO?

VOLEVAMO FARGLI VEDERE COME SONO FATTE!

E IN QUANTO A VOI, IMMAGINO CHE STESTE MOSTRANDOGLI COME SI USANO?

PROPRIO COSI', SCERIFFO!

QUAL E' IL PROBLEMA, CARSON?

PARTIAMO DOMATTINA CON LA CAROVANA E CI SERVONO MUNIZIONI E VIVERI.

E IL NOSTRO BRAVO FRED NON COLLABORAVA TROPPO, NON E' VERO?

SOLO IN PRINCIPIO!

SEMBRA CHE UN CERTO SIGNOR GOLDFIELD GLI AVESSE MESSO DELLA CERA NELLE ORECCHIE, MA ADESSO...

TUTTO CHIARO!

SONO BASTATI POCHI SPARI, E LA CERA SI E' FUSA COME NEVE AL SOLE!

SCERIFFO SIETE UN MAGO!

114

QUALCOSA DA AGGIUNGERE, FRED?

NO, SCERIFFO. SE PERÒ IL SIGNOR GOLDFIELD MI PRENDERÀ A CALCI...

NON CREDO CHE LO FARÀ, FRED, SPECIE SE GLI DIRAI CHE C'ERO ANCH'IO QUANDO WILLER E IL SUO PARD TI HANNO ORDINATO LA MERCE.

GRAZIE, SCERIFFO!

NON PARLIAMONE PIÙ, E METTI GIÙ L'ORDINAZIONE!

A PROPOSITO, DOVE VOLETE CHE VE LA PORTINO?

AL CAMPO DEI QUACCHERI. PENSERÀ POI IL SIGNOR GLENDON A CARICARLA SUL SUO CARRO!

SENTITO?

FRA UN'ORA AL MASSIMO SARÀ TUTTO ALL'ACCAMPAMENTO!

VI SIETE MERITATO UNA BIRRA!

LO CREDO BENE, PER GIOVE!

PRIMA DEL "GOLDFIELD STORE", ERAVAMO ANDATI AL "MERCANTILE", E SICCOME LÌ C'È MANCATO POCO CHE CI RIDESSERO IN FACCIA, COSÌ ADESSO...

NON DITE ALTRO, CARSON!

POSSO AGGIUNGERE QUALCOSA IO?

PER L'AMOR DEL CIELO !... NON UNA PA- ROLA!

PROMETTETEMI SOL- TANTO DI NON ESA- GERARE, E ME NE VADO DI CORSA AL "SILVER DOLLAR".

AFFARE FATTO!

A PRESTO, DUNQUE!

E ORDINATE PURE LE BIR- RE, INTANTO: VI RAGGIUN- GEREMO IN UN BALENO!

PROPRIO UNA BELLA COPPIA!

CONTEMPORANEAMENTE...

E ORA VENGONO QUI! NON CAPISCO PROPRIO!

PRIMA LA SPARATORIA, POI ARRIVA LO SCE-
RIFFO E TUTTO SI CALMA, E ADESSO QUEI
DUE TORNANO QUI...

AL DIAVOLO!...
SE CREDONO DI
FARMI PAURA...

STANCO DI VIVERE?

CLICK

!?!

MOLLALO!

FAI COME DICE LUI,
FRATELLO!

HO INTESO DIRE CHE, IN QUESTI GIOR-
NI, IL BECCAMORTO DEL PAESE HA
AVUTO UN MUCCHIO DI LAVORO, E
NON VORREI PROCURARGLI UN ESAU-
RIMENTO NERVOSO.

FORZA, DUNQUE!...
UNO!...DUE!...

NON SPARATE!

BANG

ACCIDENTI!...QUEI DUE SATANASSI STANNO
USANDO LA MANIERA FORTE...

BANG

MERCANTILE

COURT

SANTO CIELO!...IL
KEROSENE!

MALEDIZIONE!... NON AVREBBERO DOVUTO FARLA, UNA ROBA DEL GENERE!

AL FUOCO!

GUARDATE!

DIAVOLO!

AL FUOCOOO!

DATE L'ALLARME, SCERIFFO!... C'È UN INCENDIO AL "MERCANTILE"!

LO VEDO, ACCIDENTI!

MA VOI COME AVETE POTU-TO...

CALMA!... NON ACCUSATE-CI PRIMA DI AVER SENTI-TO LA NOSTRA STORIA.

LA SENTIRÒ DOPO, PER TUTTI I DIA-VOLI!... ORA DEVO PENSARE A EVI-TARE UN DISASTRO...

GRAZIE AL SOLLECITO INTERVENTO DI TUTTI GLI UOMINI DEL PAESE, L'INCENDIO VIENE DOMATO IN POCO PIU' DI UN'ORA ED E' PROPRIO ALLA FINE CHE GOLDFIELD SI FA VIVO...

SCERIFFO! DOVETE ARRESTARE QUEI DUE UOMINI!

CALMA, SIGNOR GOLDFIELD!

UH! IL SERPENTE STA SBATACCHIANDO I SONAGLI!

CALMA UN ACCIDENTE, SCERIFFO! SONO STATI WILLER E IL SUO DEGNO COMPARE AD APPICCARE L'INCENDIO!...E QUI C'E' IL MIO COMMESSO CHE PUO' TESTIMONIARLO!

CHE COSA AVETE DA DIRE?

CHE SE ENTRO UN MINUTO NON RITIRERA' L'ACCUSA, GLI RIEMPIRO' LE SCARPE CON TUTTI I DENTI CHE HA IN BOCCA!

NON RITIRERO' UNA SOLA PAROLA, MISERABILE MASCAL...

SOCK

?!

ACCIDENTI!...

NON HAI NEMMENO ASPETTATO CHE PASSASSE IL MINUTO!

MI DISPIACE, WILLER, MA....

NON VOLETE ALMENO CONOSCERE LA NOSTRA VERSIONE?

VI ASCOLTO!

PARLA TU, CARSON!

IO, INTANTO, TENGO D'OCCHIO IL TESTA- DI- POLLO CHE STA REGGENDO IL SUO BENEAMATO PADRONE, E SE APPENA VEDO CHE TENTA DI SQUAGLIARSELA PER NON ESSERE COSTRETTO A CONFERMARE IL TUO RACCONTO, PAROLA MIA CHE GLI STACCO LA TESTA E GLIELA METTO IN MANO!

!?!

?

MERCANTILE

SENZA FARSI PREGARE, CARSON RACCONTA QUEL CHE È AVVENUTO AL **"MERCANTILE"**, E, SUO MALGRADO, IL COMMESSO È COSTRETTO A CONFERMARE.

SI'... I COLPI SONO PARTITI DAL FUCILE CHE AVEVO LASCIATO CADERE, PERO'...

PERO', COSA?

STAI FORSE PER DIRE CHE IL FIAMMIFERO CHE AVEVO IN MANO L'HO LASCIATO CADERE APPOSTA?

CON QUESTO NON VOGLIO DIRE CHE SIATE STATI UN GROSSO PROBLEMA PER IL PAESE... AL CONTRARIO...

SIA PURE CON SISTEMI SPICCI, LO AVETE RIPULITO DA ALCUNI POCO RACCOMANDABILI CITTADINI, PERO' NON POSSO NASCONDERVI IL FONDATO TIMORE CHE, SE FOSTE RIMASTI ANCORA UN PO', AVRESTE INDUBBIAMENTE CAUSATO ALTRI PREMATURI DECESSI...

...PERCIO', MENTRE VI AUGURO BUON VIAGGIO...

ALT! NON DITE ALTRO, SCERIFFO!

GLI HAI ROVINATO IL DISCORSO, TEX, FORSE STAVA CONCLUDENDO CON ALTRE COMMOVENTI PAROLE!

STAVA PER COMUNICARCI CHE SI AUGURA ANCHE DI NON RIVEDERCI PIU', IN QUESTA SUA METROPOLI!

UH!... E' VERO?

BEH, NON E' ESATTAMENTE QUELLO CHE INTENDEVO DIRE, PERO'...

ALLEGRO!... CI RIVEDRETE!

BILLY WATT E TOM HAZEL SONO DUE TIPACCI DA PRENDERE CON LE MOLLE. TENETE GLI OCCHI APERTI!

STARÒ IN GUARDIA, WILLER!

FATELO, E CAMPERETE PIÙ A LUNGO!

LEATHER ENGRAVING

MER

ADIÒS!

ADIÒS!

SIAMO PRONTI, SCERIFFO!

BUENO!

CINQUE MINUTI DOPO, LO SCERIFFO E I SUOI UOMINI INIZIANO LA CACCIA AI RAPINATORI DI GOLDFIELD...

...SENZA SOSPETTARE CHE SULLE TRAC-
CE DI COSTORO SI SONO GIÀ MESSI
GLI ALTRI DUE SICARI DEL DERUBATO...

ECCOLI LAGGIÙ!

...TALLONATI A LORO VOLTA
DA KIT E TIGER JACK...

GUARDA!... TRACCE FRESCHE!

BUENO!

CI PRECEDONO DI POCO E...
?!

SPARI!

BANG BANG

E NON MOL-TO LONTANI DA QUI!

VAMOS!

SEI FINITO, AMIGO!

FIAMME D'INFERNO!

EHI, VERME!... TI HA MANDATO GOLDFIELD?

NON SPARARE, BILLY!... POSSIAMO METTERCI D'ACCORDO!

SÌ... E' STATA DI GOLDFIELD, L'IDEA, MA SE MI LASCI SPIEGARE...

BANG

AH!

SPIEGA TUTTO AL DIAVOLO, ADESSO, COSI' POTRETE MAGARI FARCI SOPRA UN SACCO DI RISATE, ALLA FACCIA DEL VECCHIO GOLDFIELD!

MA, PROPRIO IN QUEL MOMENTO...

ECCOLI!...LAGGIU'!

FUORI I CLARINETTI!

ALTRI DUE FICCANASO! IL DIAVOLO SE LI PORTI!

MEGLIO FILARE DI CORSA!

CONTEMPORANEAMENTE...

NON TE NE ANDRAI... CAROGNA...

FORZA, AGNELLINI!

BANG

AH!

ATTENTO!...C'E' ANCORA QUALCUNO CHE HA VOGLIA DI SPUTAR PIOMBO!

VISTO!

MA, POCO DOPO...

ANDATO ANCHE QUESTO!

BUENO!... LA STORIA E' ABBASTANZA CHIARA, E CREDO CHE CI CONVENGA LASCIAR TUTTO COME STA. PENSERÀ POI LO SCERIFFO A PORTARSELI VIA!

NON PERO' I TRENTA- MILA ANGIOLETTI CHE I DUE HOMBRES DI GOLDFIELD SI STA- VANO PORTANDO A SPASSO!

COS'HAI IN MENTE?... DI CONSIDERARLI BOTTINO DI GUERRA?

NON PRECISA- MENTE!

VOGLIO SOLO CHE IL DENARO DI GOLDFIELD NON GLI SIA RESTITUI- TO DAL NOSTRO AMICO SCERIFFO.

BEH, SAREBBE SUO DOVERE, NO?

PER LUI SI', MA NON PER ME!

NON C'E' FORSE UN PROVERBIO CHE DICE CHE LA FARINA DEL DIAVOLO VA TUTTA IN CRUSCA?...

?

EBBENE, HOPLÀ!... QUESTA E' ORMAI TUTTA CRUSCA, PER QUELLO CHE RIGUARDA QUEL BORIOSO MASCALZONE...

... E RIDIVENTERÀ BUONA FARINA SOLO QUANDO SARÀ NELLE MANI DI QUELLA POVERA RAGAZZA RIMASTA ORFANA PROPRIO PER CAUSA DI GOLDFIELD.

UHM!

LE INTENZIONI SONO BUONE, MA COSA PENSERÀ LO SCERIFFO, TROVANDO I LADRI MA NON LA REFURTIVA?

POTRÀ FARE UNA SOLA IPOTESI: CHE I DUE LADRI ABBIANO NASCOSTO IL DENARO DA QUALCHE PARTE, CALCOLANDO DI VENIRE A RIPRENDERSELO IN TEMPI PIÙ TRANQUILLI.

MI SEMBRA UN PO' DEBOLE, COME STORIA!

D'ACCORDO. MA PERCHE' DOVREMMO TORMENTARCI NOI A SCOVARNE UNA MIGLIORE?

LASCIA CHE SE LO ROMPA LO SCERIFFO, IL CERVELLO!

138

QUEL CHE CONTA E' CHE IL DENARO NON TORNI MAI PIÙ NELLE TASCHE DI GOLDFIELD!

GIUSTO! FORZA, ALLORA!

E FACCIAMO UN BEL GIRO. UN INCONTRO CON LO SCERIFFO SAREBBE PIUTTOSTO IMBARAZZANTE!

LO CREDO BENE! VAMOS!

FRATTANTO, AL CAMPO DI CLAYTON...

FORZA!... MUOVERSI!... TEMPO UN'ORA E SI PARTE!

UN BRANCO DI RAMMOLLITI, SE VUOI IL MIO PARERE!

BAH!

RAMMOLLITI O NO, FA POCA DIFFERENZA, BERT!...TANTO NON SARANNO MOLTI QUELLI CHE ARRIVERANNO IN VISTA DEL PASSO!

?

HAI GIÀ IN MENTE QUALCOSA?

A PROPOSITO DELLA CAROVANA?.. NO!... PERÒ UNA COSA È CERTA: INTENDO CHIUDERE ALLA SVELTA, STAVOLTA, PER TORNARE DA GOLDFIELD E INTASCARE LA MIA PARTE!

DA COME PARLI SI DIREBBE CHE TU ABBIA PAURA DI PERDERE IL "DINERO".

PROPRIO COSÌ, BERT!

GOLDFIELD HA INCASSATO PARECCHI BRUTTI COLPI, ULTIMAMENTE, E NON VORREI CHE CI ANDASSIMO DI MEZZO ANCHE NOI.

UHM!

SAREBBE UN BRUTTO TIRO ANCHE PER ME, SE IL NOSTRO "MISTER" CHIUDESSE BOTTEGA.

AL DIAVOLO! E PENSARE CHE È TUTTA COLPA DI QUEL FICCANASO!

GOLDFIELD HA DETTO CHE MANDAVA A CHIAMARE DEI KILLERS PER SISTEMARLO!

BAH!

IO SO CHE CI HANNO GIA' PROVATO IN MOLTI A SALDARGLI IL CONTO E, FRAN-CAMENTE, NON MI FACCIO MOLTE ILLUSIONI IN PROPOSITO. SONO DEI GRAN BRUTTI CLIENTI, TANTO LUI CHE I SUOI PARDS, E NON VORREI ESSERE NEI PANNI DEI TIPI CHE GOLDFIELD ASSOLDERÀ PER SEPPELLIRLI!

ACCIDENTI!... NON TI HO MAI VISTO COSI' PESSIMISTA, JIM!

PERCHE' NON CONOSCI LA FAMA DI TEX WILLER COME LA CONOSCO IO, BERT!

A OGNI MODO, LASCIAMO PERDERE QUEL SERPENTE E PENSIAMO AI NOSTRI AFFARI. TI VA BENE LA PISTA DI BARCLAY?

CERTO!

INUTILE AFFATICARE UOMINI E BESTIE PASSANDO PER IL DESERTO DI ESCALANTE!

BUENO!... FILA PURE, ALLORA

CI VEDIAMO STASERA AI VECCHI POZZI.

INTESI!

YAAAHAAH!

FORZA, GENTE!... MUOVERSI!

CIRCA UN'ORA DOPO...

SIAMO PRONTI, SIGNOR CLAYTON!

MOLTO BENE!

GLI UOMINI CON I CAVALLI DI SCORTA SI TENGANO SULLA DESTRA, A NON PIÙ DI MEZZO MIGLIO...

...GLI ALTRI SI STENDANO AD ARCO, SULLA SINISTRA, IN MODO DA PROTEGGERE LA LINEA DEI CARRI DAL PRIMO ALL'ULTIMO!

PER ORA NON C'E' PERICOLO, PERO' SER-
VIRÀ AD ABITUARSI A RESTARE SEMPRE
A CONTATTO DEI CARRI QUANDO ENTRE-
REMO NEL TERRITORIO DEGLI INDIANI!

E ADESSO
IN MARCIA!
AVANTI!

AVANTI!!

HOOOO-HOOOO!

G. TICCI

LA SERA STESSA, AL RISTORANTE
VICINO ALL'HÔTEL FLORA...

TOH!
ECCOLI!

?!

SIAMO IN TEMPO, PER
LA BISTECCA?...

COME
NO?...SE-
DETE!

TUTTO A POSTO?

E' UNA DOMANDA INUTILE, TEX!

OSSERVA BENE LA FACCIA DI TUO FIGLIO, E SCOPRIRAI CHE HA LA STESSA ESPRESSIONE DI UN GATTO CHE ABBIA APPENA INGOIATO UN GROSSO TOPO!

RESTAURA

BUENO!... ASPETTA CHE IL CAMERIERE VI ABBIA SERVITI E POI SPUTERAI LA STORIA!

INTESI, PA'!

ALTRE DUE?

E CON UNA MONTAGNA DI PATATINE, AMIGO!

IN QUANTO A QUELLA TORTA DI MELE ...

E' GIA' NEL FORNO, MISTER CARSON. STATE TRANQUILLO.

CIRCA MEZZ'ORA DOPO, KIT FINISCE IL SUO RACCONTO...:

...COSÌ HO PENSATO CHE SAREBBE STATO UN DELITTO PERMETTERE CHE QUEL MASCALZONE RIAVESSE IL DENARO!

UHM!

CHE NE PENSI?

CHI? IO?!

PIENAMENTE D'ACCORDO CON IL RAGAZZO. QUEL DENARO NON POTEVA TROVARE MIGLIOR DESTINAZIONE!

RESTAURANT

BILL!... PORTA QUEI QUATTRO NEL MAGAZZINO DI RENNART, E DIGLI DI NON PREOCCUPARSI PER LE SPESE!

SE NON LE PAGHERÀ IL SIGNOR GOLDFIELD, LE METTEREMO A CARICO DEL PAESE.

BUENO!

EHI!... E' TORNATO LO SCERIFFO!

CORRO AD AVVERTIRE IL SIGNOR GOLDFIELD!

ED E' COSI' CHE, NEMMENO DIECI MINUTI DOPO, MENTRE LO SCERIFFO STA RIMETTENDO A POSTO IL WINCHESTER...

EBBENE?

WANTED
$ 1000

AH, SIETE VOI, SIGNOR GOLDFIELD?

PER TUTTI I DIAVOLI!... AVRESTE DOVUTO VENIRE SUBITO AD AVVERTIRMI, MI SEMBRA!

LE CATTIVE NOTIZIE BISOGNA SEMPRE DARLE IL PIU' TARDI POSSIBILE, SIGNOR GOLDFIELD!

MI HANNO APPENA RIFERITO CHE AVETE RIPORTATO IN PAESE BILLY E TOM CON DUE ALTRI UOMINI.

ESATTO!

LI ABBIAMO RITROVATI A MENO DI TRENTA MIGLIA DA QUI, E TUTTI E QUATTRO GIA' FREDDI E STECCHITI!

?!

148

MALEDETTO IMBECILLE...

AH!...UN'ULTIMA DOMANDA, SIGNOR GOLDFIELD.

QUANTI UOMINI AVEVATE MANDATO A DAR LA CACCIA A BILLY E TOM?

DUE! PERCHÉ'?

BEH, NON POSSO ESSERNE SICURO, TENUTO CONTO CHE I MIEI UOMINI, MUOVENDOSI SUL POSTO DELLO SCONTRO, AVEVANO CANCELLATO OGNI TRACCIA UTILE, PERO' M'ERA SEMBRATO DI CAPIRE CHE FOSSERO PIU' DI DUE, A GIUDICARE DA CERTE IMPRONTE.

SICURO DI NON SBAGLIARE?

COME VI HO DETTO, IL TERRENO ERA ORMAI TUTTO CALPESTATO E NON VI SI POTEVA RICAVARE ALCUN INDIZIO VALIDO...

...PERO' AVREI GIURATO CHE SU QUELLA PISTA FOSSE PASSATO QUALCUN ALTRO, OLTRE AL VOSTRO QUARTETTO!

UHM!

SI TRATTA DI CIRCA TRENTAMILA DOLLARI, CHE RITENEVANO UTILI COME DOTE PER LA LORO CARA JUDY, CHE SAPEVANO ORFANA E SOLA...

?!

...E POICHE' ESSA E' STATA ORMAI ADOTTATA DA VOI, COSI' VI PASSIAMO CON GRAN PIACERE L'INCARICO, CERTI CHE SARETE PER QUELLA POVERA RAGAZZA UN AFFETTUOSO PADRINO E UN OTTIMO AMMINISTRATORE.

A VOI, SCERIFFO...!...

?! CHE IO SIA DANNATO!

E CHE IO SIA ANCHE IMPICCATO SE NON AVETE LA PIU' STUPEFACENTE FACCIA DI BRONZO CHE SIA MAI APPARSA DA QUESTE PARTI!

NE SIETE CONVINTO?

PER TUTTA RISPOSTA, LO SCERIFFO GUARDA TEX...

DETTO IN CONFIDENZA, CHI GLI HA INSEGNATO A MENTIRE A QUEL MODO?

NON CREDETE ALLA SUA COMMOVENTE STORIA?

ALTRA FACCIA DI BRONZO!

153

DOVREI DAVVERO INGOIARLA?

BEH, QUELLO CHE DOVRESTE FARE, INTANTO, E' DI METTER VIA SUBITO QUEL BEL MUCCHIETTO DI DOLLARI.

FATTO QUESTO, POTREMMO AMICHEVOLMENTE DISCUTERE LA QUESTIONE, ESAMINANDOLA DA DIVERSI PUNTI DI VISTA.

?!

E, INNANZITUTTO, PERCHE' DOVRESTE RESPINGERE UN DONO DEL CIELO A FAVORE DI UNA BRAVA RAGAZZA?

DIAVOLO!...LO SAPETE ANCHE VOI PERCHE'.

QUEL DENARO E' DEL SIGNOR...

ALT!.... NIENTE NOMI, SCERIFFO!

DI CHI FOSSE, PRIMA CHE CAPITASSE NELLE MANI DI MIO FIGLIO E DI TIGER, E' COSA CHE CI RIGUARDA RELATIVAMENTE,

LA SOLA COSA CERTA E' CHE QUEL DENARO SI TROVAVA NELLE TASCHE DI DUE TIZI DI PESSIMA REPUTAZIONE...

...E POICHÈ SAPPIAMO PER CERTO CHE FACEVANO PARTE DEL PICCOLO GRUPPO DI DELINQUENTI CHE AVEVANO TENTATO, PROPRIO IERI, DI RAPIRE MISS JUDY, PERCHÈ NON IMMAGINARE CHE, IN PUNTO DI MORTE E PENTITI DEL MALE COMMESSO, ABBIANO VOLUTO TENTARE DI SALVARE LA PROPRIA ANIMA FACENDO UN'OPERA DI BENEFICENZA?

SENTITO, SCERIFFO?.. NON È UN RACCONTO DA STRAP- PAR LACRIME ANCHE A UN VITELLO?

OH, ACCI- DENTI AN- CHE A VOI!

STATE TUTTI CERCANDO DI FARMI DI- GERIRE UN COMPROMESSO CHE FA A PUGNI CON LA LEGGE CHE RAP- PRESENTO E...

ALT!

VISTO CHE VI OSTINATE A RIFIU- TARE LA NOSTRA VERSIONE, SOL- LEVERÒ LA VOSTRA TANTO SEN- SIBILE COSCIENZA MODIFICAN- DO SOSTANZIALMENTE I FATTI!

?

PUNTO PRIMO: CANCELLATE DALLA MEMORIA IL RACCONTO CHE VI HA FATTO MIO FIGLIO!

!!

NÈ LUI NÈ IL MIO PARD INDIANO HANNO MAI INCONTRATO PARENTI DELLA RAGAZZA, E IL DENARO CHE AVETE APPENA RICEVUTO È DENARO MIO. CHIARO, QUESTO?

CONTINUATE!

PUNTO SECONDO E ULTIMO: IO VI AFFIDO QUEI TRENTAMILA DOLLARI IN SEMPLICE CUSTODIA E FINO AL NOSTRO RITORNO IN PAESE, SENZA ALTRO OBBLIGO CHE DI MANTENERE IL SILENZIO ASSOLUTO SUL VOSTRO INCARICO!

IN QUEL MOMENTO, SE IO VI PORTERÒ LE PROVE DELLA COLPEVOLEZZA DI GOLDFIELD SIA NELL'ASSASSINIO DEL PADRE DI MISS JUDY CHE IN TUTTE LE ALTRE SPORCHE STORIE SUCCESSE ULTIMAMENTE QUI A CEDAR CITY, ALLORA VOI CONSIDERERETE QUEL DENARO COME UNA SPECIE DI LASCITO A FAVORE DELLA RAGAZZA...

...SE, AL CONTRARIO, SALTERÀ FUORI CHE IL NOSTRO GOLDFIELD È UNA SPECIE DI CANDIDO E INNOCENTE SERAFINO...

NON DITE ALTRO!

CON LA VOSTRA PROPOSTA MI AVETE MALEDETTAMENTE INCASTRATO, E LO SAPETE BENISSIMO...

... MA SE, COME SCERIFFO, SENTO SCOTTARE LA STELLA CHE PORTO, COME UOMO NON POSSO NON ACCETTARE.

MUY BIEN!

E, VISTO CHE LA VOSTRA STELLA MINACCIA DI SCOTTARVI IL NOBILE PETTO, AFFRETTIAMOCI AD ANNEGARLA IN UNA BUONA BOTTIGLIA!

ALLA SALUTE DEI GALANTUOMINI, SCERIFFO!

E A UN VOSTRO FELICE RITORNO, WILLER!

SALUTE!

IL MATTINO SEGUENTE, AL PRIMO ALBEGGIARE, I QUATTRO PARDS LASCIANO CEDAR CITY...

...E, GIUNTI AL CAMPO DEI QUACCHERI, PRENDONO GLI ULTIMI ACCORDI CON I FRATELLI GLENDON.

PRONTI, SIGNORI?

DATECI MEZZ'ORA, E OGNI CARRO SARÀ IN GRADO DI MUOVERSI!

157

VAMOS, KIT!

E CHE IL CIELO CE LA MANDI DAVVERO BUONA, CON QUELLA GENTE. SE NASCERANNO GUAI, NON POTREMO CERTO CONTARE SUL LORO AIUTO!

QUALCUNO HA FORSE DETTO CHE CI SI POTEVA CONTARE?

NO, VECCHIO VOLPONE. MA PIÙ CI PENSO E PIÙ MI VIENE LA PELLE D'OCA.

STORIE!

I GUAI, QUANDO ARRIVERANNO, CADRANNO ANZITUTTO SULLA CAROVANA DI CLAYTON...

...E A NOI BASTERÀ RESTARE ALLE LORO SPALLE DI POCHE MIGLIA, PER RICEVERE IN TEMPO UTILE L'ALLARME.

SEMPRE OTTIMISTA, EH?

E PERCHE' NON DOVREI ESSERLO ?... HAI DIMENTICATO CHE ABBIAMO QUATTRO CASSETTE DI DINAMITE, NEL CARRO DI MARCUS GLENDON ?!

DIAVOLO!

CI PENSI CHE COLPO PER QUEL BRAVUOMO, SE SAPESSE SU CHE RAZZA DI VULCANO E' SEDUTO ?

MEGLIO CHE NON LO SAPPIA, AMICO MIO, ALMENO SINO AL MOMENTO IN CUI DOVREMO DARE IL VIA AI FUOCHI D'ARTIFICIO!

IN POCHI MINUTI I DUE PARDS SONO SUL LUOGO DOVE, SINO AL GIORNO PRIMA, SI TROVAVA LA CAROVANA DI JIM CLAYTON.

PARTITI IERI, A GIUDICARE DALLE TRACCE!

PERCIO' NON E' CHE ABBIANO UN GRANDE VANTAGGIO!

CHE SI FA?

TU TORNI INDIETRO E DAI IL SEGNALE DELLA PARTENZA, E IO FILO AVANTI!

VOGLIO FIUTARE CHE ARIA TIRA, E AVERE UNA IDEA CHIARA SULLA PISTA CHE HANNO PRESO!

BUENO!...
HASTA LA VISTA!

ADIÒS!

SONO ANCORA AL BUIO SUL TIPO DI TRAPPOLA CHE QUEL CLAYTON INTENDE ADOPERARE PER INCASTRARE LA GENTE DELLA CAROVANA, PERÒ UNA COSA È CERTA...

DEVE NECESSARIAMENTE AVERE DEI COMPLICI LUNGO IL PERCORSO, E COMPLICI IN GAMBA, PER DI PIÙ, ALTRIMENTI A QUEST'ORA IL BEL GIOCHETTO DEL CARO MISTER GOLDFIELD SAREBBE GIÀ STATO SCOPERTO DA UN PEZZO.

BELLA MASNADA DI CIALTRONI, PERÒ! CONDURRE ALLA ROVINA DEI POVERI EMIGRANTI SOLO PER INTASCARE I LORO SUDATI RISPARMI.

PEGGIO DEI LADRONI DA STRADA TUTTI QUANTI, DA GOLDFIELD ALL'ULTIMO DEI SUOI SGHERRI, E SARÀ PER ME UN VERO PIACERE SCARAVENTARLI TUTTI ALL'INFERNO!

161

NELLO STESSO MOMENTO, UNA VENTINA DI MIGLIA PIÙ AVANTI, DOVE CLAYTON HA FATTO ACCAMPARE I CARRI LA SERA PRECEDENTE...

BUENO!... MEGLIO CHE MI MUOVA, SE DEVO ARRIVARE AL CAMPO DI KENTO PRIMA DI SERA.

NON SCORDARTI DEL WHISKY.

FIGURATI!... SE NON GLIELO PORTO, QUEL TANGHERO E' CAPACE DI NON GUARDARMI NEMMENO.

BAH! TI BUTTERÀ LE BRACCIA AL COLLO QUANDO GLI DIRAI CHE STAVOLTA AVRÀ DOPPIO BOTTINO!

SEMPRE DECISO A FARE IL PRIMO COLPO ALLE DIAMOND HILLS?

MI SEMBRA IL POSTO ADATTO!

BUENO!... A DOMANI, ALLORA!

162

CONTEMPORANEAMENTE, ANCHE KIT CARSON STA DANDO IL VIA ALLA CAROVANA DEI QUACCHERI...

BANG

IN MARCIA!...

NON VEDO MIO PADRE!

LA MIA SELLA CONTRO UN DOLLARO FALSO, CHE E' ANDATO A FIUTARE LA PISTA DI QUEL JIM CLAYTON!

E INFATTI, RAGGIUNTO CARSON...

EHI!... NON DOVRESTE ESSERE IN CODA, VOI DUE SATANASSI?

CI TORNEREMO DI CORSA APPENA SAPUTO DOVE E' ANDATO MIO PADRE!

E' AVANTI!

Panel 1:
TI PREOCCUPI PER QUEL VECCHIO DIAVOLACCIO?

BEH, NON CONOSCENDO CHE TIPO DI TRAPPOLA ABBIANO TESO DAVANTI A NOI, PENSO SIA PRUDENTE STARE CON GLI OCCHI SPALANCATI!

Panel 2:
KIT HA RAGIONE. SE TEX NON SI FARÀ VIVO FRA DUE GIORNI...

D'ACCORDO! UNO DI NOI ANDRÀ A CERCARLO.

Panel 3:
MA ADESSO TORNATE IN CODA ALLA CAROVANA, COPPIA DI SFATICATI. LE GRANE POSSONO SPUNTARE ANCHE ALLE NOSTRE SPALLE!

Panel 4:
BUENO!

A PIÙ TARDI, BRONTOLONE!

PUAH!

166

NELLO STESSO MOMENTO, LUNGO LA PISTA SEGUITA DALLA CAROVANA DI CLAYTON...

HANNO PIEGATO SULLA SINISTRA!

UHM! MOLTO STRANO! AVREBBERO DOVUTO PUNTARE SULLA PISTA DI BRISTOL SILVER, INVECE.

SEMPRE AMMESSO CHE CLAYTON INTENDA PORTARE LA CAROVANA AL MONTGOMERY PASS, CHE È IL VALICO PIÙ VICINO PER LA CALIFORNIA.

UHM! PUZZA DI MARCIO, QUESTA DEVIAZIONE A SUD! DI MARCIO E DI LOSCO!

FORZA, FRATELLO!... PRIMA SI ARRIVA A RIDOSSO DELLA CAROVANA E PRIMA SI SCOPRE COSA BOLLE IN PENTOLA! YAAAHAAAH!!!

CONTEMPORANEAMENTE...

TOH! GUARDA CHI SI VEDE!

167

NATURALMENTE, A QUESTA DISTANZA POSSO ANCHE SBAGLIARE, PERÒ QUALCOSA MI DICE CHE È LA BANDA DI KENTO...

SISSIGNORE! SONO PROPRIO LORO!

E DEVONO AVERMI VISTO, PERCHÉ STANNO VENENDO TUTTI DA QUESTA PARTE! BENE, BENE!

TANTO VALE CHE MI FERMI QUI, ALLORA.

CON QUESTO DANNATO SOLE NON C'È SENSO A SPRECAR SUDORE.

E POCO DOPO...

UGH!... IL GRANDE KENTO SALUTA IL SUO AMICO BIANCO!

GRANDE UN CORNO!

SALVE, KENTO!

MOLTI UOMINI BIANCHI? IL SOLITO. E LA MAGGIOR PARTE DI LORO E' GENTE CHE RESTERA' SECCA DALLO SPAVENTO QUANDO VI VEDRA' ARRIVARE.

IN PIU', STAVOLTA AVRETE UN ALTRO FACILE BOTTINO A PORTATA DI MANO. UNA PICCOLA CAROVANA CHE SEGUE LA NOSTRA A POCHI GIORNI DI DISTANZA.

WOAH!... PERCHE' NON SONO VENUTI CON TE? E' UNA CAROVANA DI QUACCHERI CHE NON HANNO VOLUTO ACCETTARE LA MIA GUIDA.

ANCHE QUELLA E' COMPOSTA DI POCHI UOMINI, E PER DI PIU' NON ARMATI... DOVRAI STARE BENE ATTENTO, PERO':

LA GUIDANO QUATTRO UOMINI IN GAMBA, E SE NON TERRETE GLI OCCHI SPALANCATI, VI SARANNO PARECCHI GUERRIERI CHE SI RITROVERANNO A GALOPPARE NEI BEATI TERRITORI DI CACCIA MOLTO PRIMA DEL PREVISTO.

KENTO PRENDERÀ BESTIAME DI PRIMA CAROVANA E INTANTO MANDERÀ A SPIARE L'ALTRA.

NON DIMENTICARE DI SPEDIRE ANCHE UNO DEI TUOI AD AVVERTIRE HARPORT DEL NOSTRO PROSSIMO ARRIVO.

UGH!

DOVE DOVRANNO ATTACCARE I GUERRIERI CHEYENNES?

ALLE DIAMOND HILLS!

UGH! BUON POSTO PER ATTACCO! QUANDO?

DOMANI SERA, APPENA SARÀ ABBASTANZA SCURO E LA GENTE SARÀ INTORNO AI FUOCHI PER LA CENA.

CI SARÒ IO CON GLI UOMINI DI GUARDIA ALLE BESTIE E, APPENA SCATENERETE IL VOSTRO INFERNO, ME LI PORTERÒ TUTTI DIETRO, AL RIPARO DEI CARRI.

NIENTE FRECCE DI FUOCO?

AL CONTRARIO, UN PAIO DI CARRI IN FIAMME SERVIRANNO AD AUMENTARE LA CONFUSIONE E LO SPAVENTO!

PERÒ NON ESAGERARE! APPENA PRESO IL BESTIAME, FILATE VIA ALLA SVELTA. PRIMA ARRIVERETE DA HARPORT E MEGLIO SARÀ PER TUTTI. INUTILE CORRERE RISCHI!

UGH!

E PER L'ALTRA CAROVANA?

TUTTA ROBA TUA!

FINITA LA FACCENDA DELLE DIAMOND HILLS, POTRAI SALTARE ADDOSSO A QUELLA GENTE SENZA TANTI RIGUARDI E MANDARLA ANCHE ALL'INFERNO, SE VUOI!

PERÒ CERCA PRIMA DI LIBERARTI DEI QUATTRO UOMINI DI SCORTA. COME TI HO GIÀ DETTO, È GENTE ESPERTA E MOLTO PERICOLOSA.

I LORO SCALPI ORNERANNO LA CINTURA DI KENTO PRIMA CHE IL SOLE SIA TRAMONTATO SEI VOLTE.

SE VI RIUSCIRAI, LA TUA FAMA CORRERÀ RAPIDA FINO AI CONFINI DELLA PRATERIA.

172

SONO DUNQUE COSÌ FORTI, QUESTI CANI BIANCHI?

UNO SPECIALMENTE, KENTO!... NOI LO CONOSCIAMO SOTTO IL NOME DI TEX WILLER, MA MI E' STATO DETTO CHE E' ANCHE CAPO DEI NAVAJOS, E CHE E' FAMOSO FRA GLI INDIANI, CHE GLI HANNO DATO UN ALTRO NOME.

WOAH.!... HO SENTITO PARLARE DEL CAPO BIANCO DEI NAVAJOS... AQUILA DELLA NOTTE!

BEH, SE E' COSÌ, SAPRAI ALLORA COSA ASPETTARTI DA QUEL TIPO.

KENTO SARÀ ASTUTO COME IL COYOTE E VELOCE COME IL FUOCO CHE CADE DAL CIELO...

...E LO SCALPO DI AQUILA DELLA NOTTE PENDERÀ PRESTO DALLA SUA CINTURA.

BUENO!... ADIÒS!

E NON SCORDARTI DI FAR AVVERTIRE HAR-PORT!

UGH!

173

PESTE! SE QUEL TANGHERO RIESCE SUL SERIO A FAR FUORI WILLER E I SUOI DANNATI PARDS, SI MERITA DAVVERO DI TENERSI IL BOTTINO DELLA CARO-VANA DEI QUACCHERI.

IN OGNI CASO, IO SEGUIRÒ ESATTA-MENTE L'ESEMPIO DI CLAYTON.

APPENA SISTEMATA L'ULTIMA CAROVANA, TORNERÒ DI CORSA A CEDAR CITY PER FAR-MI DARE LA MIA PARTE.

FRATTANTO...

CI SIAMO!... LE TRACCE SONO MOLTO FRESCHE E SI SENTE ANCORA NELL'ARIA L'ODORE DELLA POLVERE.

LA CAROVANA NON PUÒ ES-SERE MOLTO LONTANA.

FORSE POCO OLTRE QUELLE ALTURE: E IL BUON SENSO MI DICE DI GI-RARVI ATTORNO TENENDOMI PERÒ BENE AL LARGO.

FORZA, FRATELLO!

HIII-HIIII

174

PER DEVIARE DALLA PISTA NORMALMENTE SEGUITA DALLE CAROVANE, QUEL CLAYTON HA CERTO AVUTO I SUOI BUONI MOTIVI...

...E IO INTENDO SCOPRIRLI IN TEMPO, QUESTI MOTIVI... PRIMA CHE SIA TROPPO TARDI PER TANTA BRAVA GENTE.

FACENDO UN GIRO MOLTO LARGO, TEX SI DIRIGE VERSO UNA DELLE ALTURE DA CUI SI PUO' DOMINARE UNA VASTA PARTE DELLA VALLATA SOTTOSTANTE E, GIUNTO IN CIMA...

ECCOLI LA'!

E STANNO ANCORA PIEGANDO A SINISTRA! QUASI PARALLELAMENTE ALLA PISTA DI BARCLAY!

UHM! MI VENGA UN COLPO SE RIESCO A CAPIRE DOVE CLAYTON INTENDA PORTARLI! A UNA GIORNATA DI MARCIA C'E' IL GUADO DEL MUDDY RIVER...

175

...E, UNA VOLTA PASSATO IL FIUME, SARANNO COSTRETTI A PUNTARE VERSO LE MONTAGNE DI ARROW CANYON, DOVE I CARRI AVRANNO VITA DURA PER ARRIVARE ALLA PIANA DI LAS VEGAS.

SULLA DESTRA NON POSSONO ANDARE DI CERTO, PER VIA DEL DESERTO CHE SI STENDE FINO ALLA MESA DEI PIUTES PERCIÒ... ACCIDENTI!

CLAYTON STA PORTANDO QUEI DISGRAZIATI VERSO LA ZONA DELLE DIAMOND HILLS... UN POSTO IDEALE PER UN AGGUATO!

MA SICURO! NON PUÒ ESSERE CHE COSÌ! E IN QUESTO CASO LA DOMANDA È: DA CHI SARÀ ATTACCATA LA CAROVANA?

PER TUTTI I DIAVOLI!... CHIUNQUE SIANO I TAGLIAGOLE CHE INTENDONO FARE LO SPORCO LAVORO, SI DEVONO TROVARE A SUD DELLA PISTA...

...PERCIÒ CREDO PROPRIO CHE MI CONVENGA AVVERTIRE SUBITO I MIEI PARDS E POI ANDARE A FIUTARE LE TRACCE DEGLI IGNOTI COMPLICI DI CLAYTON.

TORNATO SULLA VECCHIA PISTA, TEX LASCIA ALCUNI SEGNI CONVENZIONALI PRESSO UN TRONCO RINSECCHITO, ALLA CUI BASE ACCENDE POI UN FUOCO ABBASTANZA GRANDE DA POTER ESSERE NOTATO DAI SUOI AMICI ...

QUESTO BASTERÀ PER TRANQUILLIZZARLI NEL CASO TARDASSI A FARMI VIVO, E NELLO STESSO TEMPO LI METTERÀ IN GUARDIA.

...E INFINE SPINGE IL CAVALLO VERSO SUD...

CORAGGIO, AMICO. CI RIPOSEREMO PIÙ TARDI!

OCCHI FISSI ALL'ORIZZONTE, PER EVITARE DI ESSERE COLTO DI SORPRESA, TEX PROSEGUE ATTRAVERSO IL TERRITORIO SEMIDESERTICO...

...ED È QUASI PER CASO CHE, CIRCA DUE ORE DOPO, CAPITA SULLE TRACCE LASCIATE DA BERT ADAMS.

TRACCE DI CAVALLO FERRATO! E VENGONO DALLA PISTA DI BARCLAY... **LA PISTA SEGUITA DA CLAYTON!**

UHM! SENTO UNA VOCINA CHE MI SUSSURRA DI SEGUIRLE, PER VEDERE DOVE STAVA ANDANDO IL BALDO CAVALIERE PASSATO DI QUI NON MOLTO TEMPO FA.

ANIMO!... NON MI RESTA CHE STUDIARE IL TERRENO QUI INTORNO PER "LEGGERE" IL RESTO DELLA STORIA.

LE TRACCE, ANCORA ABBASTANZA FRESCHE, SONO COME UN LIBRO APERTO PER GLI OCCHI ACUTI ED ESPERTI DI TEX WILLER, E QUALCHE MINUTO DOPO...

MUY BIEN! SEMBRA TUTTO CHIARO.

IL RINNEGATO E' TORNATO ALLA CAROVANA PUNTANDO VERSO IL MUDDY RIVER... IL GROSSO DELLA BANDA LO HA SEGUITO POCO DOPO, SU UNA PISTA QUASI PARALLELA...

...POI C'E' UNA DELLE TESTE ROSSE CHE E' FILATA VIA AL GRAN GALOPPO VERSO LA VALLATA DI LAS VEGAS...

...E UN ALTRO, INFINE CHE SI E' DIRETTO A EST... IN DIREZIONE DELLA PISTA CHE LA MIA CAROVANA STA IN QUESTO MOMENTO SEGUENDO...

...ED E' PROPRIO QUEST'ULTIMO ANGIOLETTO CHE VORREI CONOSCERE AL PIU' PRESTO, E PER UN MUCCHIO DI ECCELLENTI MOTIVI.

PRIMO: PER VEDERE CHE FACCIA HA... SECONDO: PER FARGLI UN PAIO DI DOMANDINE...

E TERZO: PER CAMBIARGLI LEGGERMENTE I CONNOTATI NEL CASO RIFIUTASSE DI RACCONTARMI UNA CONVINCENTE STORIELLA! FORZA, FRATELLO!

PURTROPPO, LE OMBRE DELLA SERA CALANO RAPIDE SULLA PRATERIA, IMPEDENDO A TEX DI SEGUIRE LE TRACCE DELL'INDIANO CHE LO PRECEDE, PERCIO', A UN CERTO PUNTO, EGLI DECIDE DI GIUOCARE UNA CARTA ARRISCHIATA, E SI DIRIGE SENZA ESITAZIONI VERSO IL LUOGO OVE PRESUME SI SIANO ACCAMPATI I SUOI PARDS.

SE, COME PENSO IO, QUEL TANGHERO E' UN ESPLORATORE MANDATO A SPIARE LA CAROVANA, VORRA' CERTAMENTE RACCOGLIERE PIU' NOTIZIE POSSIBILI PRIMA DI TORNARE DALLA SUA BANDA. E, DI CONSEGUENZA, SARA' IN QUESTO MOMENTO APPIATTATO NEI DINTORNI DEL CAMPO...

...E COSI' INTENTO A GUARDARE QUELLO CHE SUCCEDE INTORNO AI FUOCHI DA NON SENTIRMI ARRIVARE.

PER GIOVE! MI SEMBRA GIA' DI VEDERE LA FACCIA CHE FARA' QUANDO SCOPRIRA' D'ESSER STATO INCASTRATO.

180

E CIRCA MEZZ'ORA DOPO...

BUENO! ECCOLI LAGGIÙ!

SI TRATTA ADESSO DI SCO-PRIRE DOVE SIA APPOSTATO IL TESTA ROSSA...

SCESO A TERRA, TEX COMINCIA UNA SERIE DI GI-RI CONCENTRICI, AVANZANDO CON OGNI PRECAU-ZIONE, E FINALMENTE...

CI SIAMO! ECCO LÀ IL SUO MUSTANG.

CONTEMPORANEAMENTE...

FORSE AVREI FAT-TO BENE A METTER-MI SULLE SUE TRACCE.

IL CHE SAREB-BE STATO UN PURO SPRECO DI TEMPO.

181

IL SUO MESSAGGIO ERA CHIARO. ANDAVA IN CERCA DEGLI ANGIOLETTI DI CUI SOSPETTA LA PRESENZA A SUD DELLA PISTA, PERCIÒ PUOI SCOMMETTERE CHE LO VEDREMO SPUNTARE...

?!

ZITTO!

HIÍÍÍ - HIÍÍÍÍ!!

C'È QUALCUNO NEI DINTORNI DELL'ACCAMPAMENTO.

NON AGITIAMOCI TROPPO!

SE QUESTO QUALCUNO CI STA SPIANDO, È BENE NON LASCIARGLI CAPIRE CHE ABBIAMO SENTITO IL NITRITO DEL SUO CAVALLO.

FRA MEZZO MINUTO MI ALZERÒ IO!

FINGERÒ DI ANDARE VERSO UNO DEI CARRI, E AL MOMENTO BUONO SCIVOLERÒ FUORI DAL CERCHIO DEL CAMPO PER CERCAR DI SCOPRIRE CHI SIA IL FURBONE CHE CI GIRONZOLA INTORNO.

OCCHI APERTI, PERÒ!... IL FICCANASO POTREBBE ANCHE NON ESSERE SOLO.

MA I TRE PARDS NON SONO STATI I SOLI A UDIRE IL NITRITO...

IL MIO MUSTANG!

FORSE HA SENTITO UN COYOTE, MA IN OGNI CASO SARÀ MEGLIO CHE LO VADA A PRENDERE E LO PORTI VIA! POTREBBE TRADIRE LA MIA PRESENZA!

TOH! ECCOLO CHE SPUNTA... C'ERA DA ASPETTARSELO CHE SAREBBE VENUTO A FIUTARE CHE ARIA TIRAVA DA QUESTE PARTI.

HIIII-HIIIII

G.Ticci

ZITTO, MALEDETTO!... VUOI TIRARMI ADDOSSO I CANI BIANCHI DEL CAMPO?

BUONO! ORA CE NE ANDIAMO!

EHI!

ALL'INATTESO RICHIAMO, IL CHEYENNE SI VOLTA... E VIENE SOLLEVATO DI PESO DAL MASSACRANTE DESTRO DI TEX!

SMACK

E QUESTO TI INSEGNERÀ A FARE IL FICCANASO!

CARSON! TIGER!

DIAVOLO! QUESTO E' IL NOSTRO SATANASSO!

E POCO DOPO...

IMMAGINO CHE TU GLI STESSI ALLE COSTOLE DA UN PEZZO.

DA PARECCHIE ORE! FA PARTE DI UNA BANDA DI UNA VENTINA DI CHEYENNES, DI CUI HO VISTO LE TRACCE A UNA DECINA DI MIGLIA DA QUI.

184

QUESTO SIGNIFICA CHE LI AVREMO PRESTO ADDOSSO!

NO! LA BANDA E' IN COMBUTTA CON QUEL RINNEGATO DI CLAYTON, E NON SIAMO NOI IL LORO PRIMO BERSAGLIO.

SI PREPARANO A SORPRENDERE LA CAROVANA CHE CI PRECEDE, MA SANNO ANCHE DELLA NOSTRA PRESENZA, E QUESTO MATTACCHIONE DEV'ESSERE STATO MANDATO A SPIARE IN QUANTI SIAMO E CHE PISTA SEGUIAMO.

SVEGLIATELO E PORTATELO AL CAMPO! IO INTANTO VADO A RIPRENDERE IL MIO CAVALLO.

BUENO!

CIRCA MEZZ'ORA DOPO, MESSI AL CORRENTE I SUOI PARDS DELLE INFORMAZIONI RACCOLTE DURANTE LA SUA PUNTATA ESPLORATIVA, TEX DECIDE DI INTERROGARE IL PRIGIONIERO...

PROBABILMENTE SARA' TEMPO SPRECATO.

LO PREVEDO ANCH'IO, MA NON E' DETTO CHE QUESTO FRINGUELLO NON POSSA FARE ECCEZIONE ALLA REGOLA!

A QUANTO HO SENTITO DIRE, QUELLO SAREBBE UNO DEGLI INDIANI CHE DOVREBBERO ATTACCARCI.

PROPRIO CO-
SI', SIGNOR
GLENDON.

MA PERCHE'? NOI
NON ABBIAMO FAT-
TO NIENTE DI MA-
LE A QUESTA
GENTE!

ANCHE GLI AGNELLI NON FANNO
NIENTE DI MALE AI PUMA, CHE,
PERO', NON CI PENSANO DUE
VOLTE A SALTAR LORO AD-
DOSSO E FARLI A PEZZI!

?!

E ADESSO A NOI,
FRATELLINO! CA-
PISCI BENE LA
MIA LINGUA?

UGH! IL GUER-
RIERO CHEYEN-
NE ASCOLTA
AQUILA DEL-
LA NOTTE!

TOH!... A
QUANTO SEN-
TO, TI CONO-
SCONO AN-
CHE DA QUE-
STE PARTI.

PERCHE' SEI
VENUTO A SPIA-
RE IL CAMPO
DEI MIEI FRA-
TELLI BIAN-
CHI?

IL FALCO VOLA
MOLTE VOLTE IN
CERCHIO NEL CIE-
LO, PRIMA DI
PIOMBARE SUL-
LA PREDA.

PUAH! IL CHEYENNE HA
STRISCIATO SULLA TERRA
COME UN SERPENTE O
UN COYOTE PAUROSO DI
DOVER AFFRONTARE
UN PERICOLOSO
NEMICO.

AQUILA DELLA NOTTE PARLA COSI' PERCHE' IL GUERRIERO CHEYENNE NON PUO' COMBATTERE.

UHM! QUESTO PICCIONCINO HA BISOGNO DI UNA SPOLVERATA.

IL GUERRIERO CHEYENNE DICE PAROLE DA VALOROSO...

MA ADESSO AQUILA DELLA NOTTE VEDRA' SE IL FRATELLO ROSSO E' ALTRETTANTO SVELTO DI MANO QUANTO LO E' CON LA LINGUA.

SLEGALO, TIGER, E DAGLI UN COLTELLO!

BUENO.

E TU, KIT, TIENILO D'OCCHIO, E SE TENTA DI FILAR VIA, PIANTAGLI UN PO' DI PIOMBO NEI POLPACCI.

CONTACI!

SIGNORE ONNIPOTENTE! UN DUELLO?

RASSICURATEVI, SIGNOR GLENDON. SOLO UN PO' DI GINNASTICA!

TIENI GLI OCCHI APERTI, PA'! HA L'ARIA DI UNO CHE PUO' DAR ROGNE.

FIDATI DEL TUO VECCHIO!

COSA METTI SULLA PUNTA DEL MIO COLTELLO?

LA TUA LIBERTA', CHEYENNE!

UGH! SE AQUILA DELLA NOTTE NON PARLA CON LINGUA DOPPIA, IL GUERRIERO CHEYENNE CORRERA' PRESTO NELLA NOTTE, LONTANO DAL CAMPO DEI VISI PALLIDI.

TU PARLI TROPPO, AMICO!

MA TEX NON HA ANCORA FINITO DI DIRE L'ULTIMA PAROLA, CHE L'INDIANO SCATTA FULMINEO...

YAAAHAHIII!

...MANCANDO PER UN SOFFIO IL PETTO DELL'AVVERSARIO.

PROPRIO SVELTO COME UN GATTO SELVATICO, L'AMICO.

BUENO! MEGLIO GETTARE IL COLTELLO SE VOGLIO AVERE TUTTE E DUE LE MANI LIBERE.

AQUILA DELLA NOTTE NON VUOLE PIU' COMBATTERE?

CHE IL CHEYENNE VENGA AVANTI! IL CAPO DEI NAVAJOS NON AVRA' BISOGNO DI COLTELLO PER BATTERLO!

RESO CAUTO DAL TIMORE CHE L'AVVERSARIO STIA PREPARANDOGLI QUALCHE IGNOTO TRUCCO, L'INDIANO AVANZA ADAGIO, OCCHI FISSI IN QUELLI DI TEX, POI ANCORA UNA VOLTA SCATTA IN AVANTI, MIRANDO AL VENTRE DEL NEMICO, CON L'INTENZIONE DI TORCERE POI IL POLSO VERSO L'ALTO, IN UN COLPO MORTALE.

...E STAVOLTA TEX NON SI ACCONTENTA DI SCHIVARE L'ATTACCO, MA COLPISCE A SUA VOLTA.

SOCK

MI VENGA UN COLPO. UN ALTRO SCHERZO DI QUESTI, E TUO PADRE MI FARA' SCHIZZARE I CAPELLI DI TESTA!

IL CHEYENNE VUOLE ANCORA COMBATTERE?

IL MIO COLTELLO, NON HA ANCORA BEVUTO IL SANGUE DI AQUILA DELLA NOTTE.

DURO DI CRANIO, EH? BUENO! ALZATI!

RIALZATOSI, L'INDIANO RIPRENDE RESPIRO, GIRA LENTAMENTE INTORNO ALL'AVVERSARIO, COME PER CERCARNE IL PUNTO DEBOLE, MA UN ATTIMO PRIMA CHE POSSA VIBRARE UN NUOVO COLPO, IL SINISTRO DI TEX LO COLPISCE ALLO STOMACO...

OUH!

TUMP

SPIACENTE, AMIGO...

190

... MA CON TESTONI COME TE NON C'E' ALTRO DA FARE.

SMACK

TIGER, FALLO LEGARE A UNA RUOTA E CONTROLLA CHE I NODI SIANO BEN STRETTI. E' UN TIPETTO CON IL QUALE E' MEGLIO NON CORRERE RISCHI.

CHE VOLETE FARNE, MISTER WILLER?

OH, NIENTE DI CUI IL VOSTRO TENERO CUORE DEBBA PREOCCUPARSI.

LO TERREMO PRIGIONIERO SOLO PER UN PAIO DI GIORNI ...IL TEMPO NECESSARIO PER PERMETTERMI DI SCOPRIRE LE REALI INTENZIONI DI QUEL RINNEGATO DI CLAYTON.

POI LO LASCERO' ANDARE, NATURALMENTE SENZA ARMI E CAVALLO, IN MODO CHE RAGGIUNGA I SUOI COMPARI IL PIU' TARDI POSSIBILE.

PENSATE DAVVERO CHE VOGLIANO ATTACCARCI?

GLI INDIANI? CI POTETE SCOMMETTERE LA VOSTRA PARTE DI PARADISO, SIGNOR GLENDON!

191

PRIMA, PERO', SI ACCANIRANNO CONTRO LA CAROVANA CHE CI STA PRECEDENDO, IL CHE CI PERMETTERA' DI PRENDERE TUTTE LE MISURE NECESSARIE PER RICE- VERLI COME SI DEVE!

CHE IL SIGNORE CI PROTEGGA TUTTI!

PROBABILMENTE LO FARA', SIGNOR GLEN- DON, TUTTAVIA UNA BELLA OLIATA AI NO- STRI WINCHESTERS SARA' LA MIGLIORE ASSI- CURAZIONE CONTRO I GUAI CHE CI ASPETTANO.

UHM ! BUONA NOTTE, MISTER WILLER.

BEI TIPI ! SECONDO LORO, DOVREBBERO BASTARE UN PAIO DI ORAZIONI, PER ATTRAVERSARE TRANQUILLAMENTE IL TERRITORIO INDIANO.

CHE VUOI FARCI ? SONO DELLA GRAN BRAVA GENTE, CON I CERVELLI IM- BOTTITI DI IDEE CHE NON HANNO NIENTE A CHE FARE CON LA REALTA', E PURTROPPO TOCCA A UOMINI COME NOI DARE LORO UNA MANO PER IM- PEDIRE CHE SCOMPAIANO NELLE SABBIE MOBILI O DIVENTINO CIBO PER AVVOLTOI LUNGO LE PISTE DEL WEST.

A PROPOSITO DI AVVOLTOI, SEI DAVVERO DELL'IDEA CHE ATTACCHERANNO QUELLA CAROVANA ALLE DIAMOND HILLS?

CI SCOMMETTEREI NON SO CHE COSA.

A OGNI MODO, VISTO CHE NOI POSSIAMO CONTARE SU ALMENO UN PAIO DI GIORNI DI TRANQUILLITA', VORREI CHE UNO DI VOI MI ACCOMPAGNASSE LAGGIU'.

NON E' UN GROSSO RISCHIO?

FINO A UN CERTO PUNTO. INTENDO SOLO CONTROLLARE LA SITUAZIONE.

UHM! SENZA INTERVENIRE?

BEH, E' UNA COSA CHE FAREI SOLTANTO SE MI RENDESSI CONTO CHE STA SUCCEDENDO UN MASSACRO.

TIGER SAREBBE IL PIU' INDICATO.

STATE PARLANDO DI ME?

ESATTO. TEX VUOLE COMPAGNIA PER ANDARE A CURIOSARE DALLE PARTI DELLE DIAMOND.

E' UNA BUONA IDEA...E POTREI ASSUMERE L'ASPETTO DI UN CHEYENNE, PER L'OCCASIONE.

D'ACCORDO, ALLORA.

E ADESSO ANDIAMOCENE TUTTI A STENDER LE OSSA FRA LE COPERTE. DOMANI SARÀ UNA GIORNATA DURA, A QUANTO PREVEDO.

PECCATO NON AVER POTUTO FAR PARLARE IL PRIGIONIERO!

BEH, ERA DA IMMAGINARE CHE NON AVREBBE APERTO BOCCA.

L'INDOMANI, AL CAMPO DELLA CAROVANA GUIDATA DA CLAYTON...

DEVO ANCORA PRECEDERVI?

NON MI SEMBRA IL CASO.

BASTA SOLO CHE TU VADA A CONTROLLARE SE IL GUADO È TRANSITABILE.

BUENO! A PIÙ TARDI, ALLORA.

YAAAHAAAHHHiiiii !!!

E VOI, PRONTI A MUOVERE. DOBBIAMO PASSARE IL MUDDY RIVER PRIMA DI MEZZOGIORNO.

BENE, SIGNOR CLAYTON.

E UN QUARTO D'ORA DOPO...

AVANTI i CARRI!

BANG

...LA LUNGA FILA DI "CONESTOGA" COMINCIA A SNODARSI ATTRAVERSO LA PRATERIA...

YAAHHHiiiAAAHHHiiii!!!

SPINGETELI VERSO IL FIUME, COSI' LI POTRETE PORTARE SULL'ALTRA SPONDA E LASCIARLI POI RIPOSARE IN ATTESA CHE SIANO PASSATI I CARRI.

BENE, SIGNOR CLAYTON!

AVANTI!

YAAAHAAAHHiiii!!!

FORZA!

YAAAHAAAA!!!

BERT! TIENTI PRONTO CON UN PAIO DI UOMINI A DARE UNA MANO AI CARRI IN DIFFICOLTA'!

BUENO!

FORTUNATAMENTE PER GLI UOMINI DELLA CAROVANA, IL PASSAGGIO DEL FIUME AVVIENE SENZA TROPPE DIFFICOLTA' E, CIRCA UN'ORA DOPO, CONCESSA UNA BREVE SOSTA PER LASCIAR RIPRENDERE FIATO AI CAVALLI, CLAYTON ORDINA AI PIONIERI DI RIMETTERSI IN CAMMINO.

CORAGGIO!... SI RIPARTE: DOBBIAMO ARRIVARE ALLE DIAMOND HILLS PRIMA DEL TRAMONTO!

197

CONTEMPORANEAMENTE...
ECCO!...SI MUOVONO!...
UGH! IL FRATELLO BIANCO ADAMS MANTERRA' LA SUA PAROLA! SI ACCAMPERANNO STASERA ALLE COLLINE DEL DIAMANTE!
E I CHEYENNES FARANNO GRANDE BOTTINO.
E AVRANNO FUCILI E BUON WHISKY DAL FRATELLO HARPORT!
UGH!
ANDIAMO AD AVVERTIRE KENTO!
IGNARI DELLA MINACCIA CHE LI SOVRASTA, GLI UOMINI DELLA CAROVANA GIUNGONO POCO PRIMA DEL TRAMONTO A RIDOSSO DI UNA DELLE ALTURE DELLE DIAMOND HILLS, E DISPONGONO IL CAMPO PER LA NOTTE...

TUTTO TRAN-
QUILLO, NEI
DINTORNI?

TUTTO TRANQUILLO,
JIM!

BENE! CREDO ALLORA CHE TI BASTE-
RANNO TRE O QUATTRO
UOMINI PER BADARE AI
CAVALLI.

NATURAL-
MENTE.

L'ERBA E' ABBONDANTE
E LE BESTIE SI GUARDE-
RANNO BENE DALL'ALLON-
TANARSI DA UN PASCO-
LO DEL GENERE.

D'ACCOR-
DO CON TE.

SCEGLITI ALLORA GLI UOMINI E, APPE-
NA VI SARETE RIEMPITE LE PANCE,
ANDATE A FARVI IL PRIMO TURNO
DI GUARDIA!

INTESI!

NELLO STESSO MOMENTO, A UN PAIO DI MIGLIA DI DISTANZA...

IL POSTO IDEALE
PER LASCIARCI I
CAVALLI!

PURCHE' AI
CHEYENNES NON
VENGA IN MENTE
DI PASSARE PRO-
PRIO DA QUESTE
PARTI!

PUOI ESCLUDERLO!... LE TRACCE INDICAVANO CHE IL LORO CAMPO E' DALLE PARTI DEL MEADOW RANGE, PERCIO' NON E' CERTO DA QUESTA ZONA CHE PASSERANNO PER AVVICINARCI ALLE DIAMOND!

CI MUOVIAMO ADESSO?

MEGLIO ASPETTARE CHE SI FACCIA SCURO.

BUENO! DIAMO UN PO' DI LAVORO ALLE MASCELLE, ALLORA!

UN'IDEA CHE RALLEGRA IL MIO STOMACO, CHE E' A SECCO DA STAMATTINA.

SEI TU CHE HAI VOLUTO FARE UN GIRO DEL DIAVOLO, SACRIFICANDO COSI' LA SOSTA DI MEZZOGIORNO.

IN COMPENSO ABBIAMO POTUTO ARRIVARE FIN QUI SENZA ESSER VISTI!

HAI UN'IDEA DI QUELLO CHE STA PER SUCCEDERE?

BUIO COMPLETO, AMICO MIO!

TUTTO QUELLO CHE SO E' CHE LA CAROVANA HA NOVANTA PROBABILITA' SU CENTO DI ESSERE ATTACCATA, E CHE SE LE COSE VOLGERANNO AL PEGGIO, DOVREMO ENTRARE IN BALLO ANCHE NOI.

DUE CONTRO VENTI?

BEH, E' UN RISCHIO CHE DOVREMO CORRERE, NON TI PARE?

UHM! SPERIAMO BENE.

MEZZ'ORA DOPO...

VAMOS! E' ABBASTANZA BUIO.

CI DIVIDIAMO?

SI'!... MA SENZA ALLONTANARCI TROPPO L'UN DALL'ALTRO!

BUENO!

QUASI CONTEMPORANEAMENTE...

HIII-HIII!

SEMBRANO INQUIETE, LE BESTIE!

AVRANNO SENTITO LA PRESENZA DI QUALCHE LUPO O COYOTE.

UUUAAAHHUUUU!

SENTITO?... E' COME VI DICEVO! C'E' UN COYOTE QUI IN GIRO, IN CERCA DI CARNE FRESCA.

AL DIAVOLO! SE SI AVVICINA, GLIELA SERVO IO, LA COLAZIONE.'

UUUUAAAHHUUUUU!!

YAAAHAAAHIIII!

DANNAZIONE!... QUEL GRIDO NON ERA DI UN...

AHH!

SWISSS

YAAAHAAHIIII!

202

203

204

IL CERCHIO DEI CHEYENNES SI STRINGE LENTAMENTE INTORNO ALL'ACCAMPAMENTO...

... MENTRE ALCUNI DI LORO SPINGONO IL BRANCO DI CAVALLI VERSO IL VILLAGGIO DI KENTO...

YAAHAAH!!!!

HIIHIIIII!!

MANOVRA CHIARA! HANNO PORTATO VIA I CAVALLI!

CHE SI FA?

SI ASPETTA, PER VEDERE GLI SVILUPPI DEL PIANO DI QUEL BRAVUOMO DI CLAYTON!

210

TEX, FRATTANTO, CAMBIANDO CONTINUAMENTE POSIZIONE, STA MANDANDO PALLOTTOLE SU PALLOTTOLE VERSO LE OMBRE CHE SI MUOVONO INTORNO AL CERCHIO DEI CARRI...

213

FISSATI I TURNI DI GUARDIA, CLAYTON SI RITIRA PRESSO IL FUOCO SU CUI IL SUO COMPLICE HA APPENA MESSO A BOLLIRE IL CAFFÈ E, ASSICURATOSI DI NON AVER GENTE INTORNO, SI RIVOLGE AL COMPARE...

CI CAPISCI NIENTE, TU?

NON ME LO CHIEDERE, MALEDIZIONE!

ERA GIÀ SECCANTE CHE UNO DI QUELLI CHE ERANO CON ME AVESSE STESO UN CHEYENNE, MA FIGURIAMOCI ADESSO DI CHE UMORE SARÀ KENTO, DOPO L'INTERVENTO DEI MISTERIOSI FICCANASO.

NON SO COSA PAGHEREI PER SAPERE CHI SONO!

NON MOLTI, A MIO PARERE, QUATTRO O CINQUE AL MASSIMO. MA BUONI FUCILI, PERÒ, ACCIDENTI A LORO!

AL DIAVOLO! MI STO CHIEDENDO CHI PUÒ TROVARSI DA QUESTE PARTI E AVER TANTO FEGATO DA INTERVENIRE CONTRO UNA GROSSA BANDA DI INDIANI.

E IO NE FARÒ UN'ALTRA, DI DOMANDA...

PERCHÈ QUESTI INATTESI ALLEATI NON SI SONO FATTI VIVI?

215

DOPO LO SCHERZO DI STANOTTE, SARANNO PIUTTOSTO DI MALUMORE, E POTREBBE RIVELARSI DIFFICILE INDURLI A RINUNCIARE AL BOTTINO.

MOLTO PROBABILE, AMICO MIO, MA NEL CASO LA SITUAZIONE SI FACESSE PESANTE HO GIA' IN MENTE UNA CERTA IDEA CHE POTREBBE DIVENTARE LA SOLUZIONE DEFINITIVA DI TUTTI I NOSTRI PROBLEMI.

E ADESSO, VIA! PRIMA SI TROVA UN POSTICINO SICURO E TANTO DI GUADAGNATO SARA' PER LE NOSTRE CARCASSE.

VAMOS!

L'INDOMANI, ALLE PRIME LUCI DELL'ALBA...

TUTTO CHIARO?

STAI TRANQUILLO!

PRIMA DO UN'OCCHIATA QUI INTORNO PER FARMI UN'IDEA DELLA SITUAZIONE, POI VADO A CERCARE KENTO E CERCO DI AMMORBIDIRGLI L'UMORE CON I BARILOTTI DI WHISKY.

D'ACCORDO! BUONA FORTUNA!

217

E TORNA PRIMA DEL TRAMONTO!

PUOI CONTARCI! ADIÒS!

POCO DOPO...

NON CREDETE SIA STATO UN RISCHIO TROPPO GROSSO MANDARLO FUORI SULLE TRACCE DEI CAVALLI?

NON C'ERA ALTRO DA FARE.

DEL RESTO, BERT ADAMS E' UNA VECCHIA VOLPE CHE CONOSCE NON SOLO LA REGIONE, MA ANCHE DIVERSI CAPI CHEYENNES, E STATE PUR TRANQUILLO CHE, CON IL WHISKY CHE SI E' PORTATO DIETRO, RIUSCIRA' A CONVINCERE I LADRI DI CAVALLI A SCAMBIARE LE BESTIE CHE CI HANNO PRESO CON COPERTE, MUNIZIONI, E QUALCHE CAPO DI BESTIAME.

E SE FACESSE UN BUCO NELL'ACQUA?

IN QUESTO CASO PROVVEDERO' DIVERSAMENTE.

A UNA CINQUANTINA DI MIGLIA DA QUI C'E' IL TRADING POST * DI HARPORT...

* TRADING POST: ERANO SPECIE DI GROSSI MAGAZZINI SITUATI LUNGO LE PISTE PRINCIPALI, NEI QUALI SI POTEVA TROVARE DI TUTTO.

...E SE IL MIO UOMO NON SI ACCORDERA' CON I CHEYENNES, LO MANDERO' LAGGIU' A TRATTARE L'ACQUISTO DEI CAVALLI NECESSARI.

UN ACCIDENTE DI STORIA, QUESTA.

COMUNQUE VADA, O CI RIMETTEREMO PARTE DELLE NOSTRE SCORTE O CI RITROVEREMO CON LE BORSE ALLEGGERITE!

MEGLIO PERDERE QUELLE CHE LA PELLE, MISTER, NON VI SEMBRA?

A PROPOSITO, BISOGNERA' ANDARE A SEPPELLIRE QUEL POVERO DIAVOLO DI CORLISS, CHI VIENE CON ME?

CI VENIAMO TUTTI. E SE TROVO UNO DI QUEI BASTARDI ROSSI...

LEVATEVI QUELLA SPERANZA DALLA TESTA, MISTER. GLI INDIANI NON ABBANDONANO MAI I LORO COMPAGNI, NEMMENO SE SON MORTI!

BERT ADAMS, NEL FRATTEMPO, STA TERMINANDO DI CONTROLLARE IL TERRENO INTORNO ALL'ACCAMPAMENTO E, GIUNTO A UNA CERTA DISTANZA, SI IMBATTE FINALMENTE NELLA TRACCIA CHE SPERAVA DI TROVARE.

ECCOLA QUI, PER GIOVE! E MOLTO CHIARA, ANCHE! L'IMPRONTA DI UNO STIVALE!

219

NIENTE INDIANI SHOSHONI O PIUTES, ALLORA, MA SEMPLICEMENTE DEI FICCANASO QUALSIASI, CHE DEVONO POI AVER AVUTO I LORO BUONI MOTIVI PER NON VENIRE AL CAMPO.

SEGUENDO LE ORME DI TEX, BERT FINISCE PER ARRIVARE DOVE QUESTI E TIGER AVEVANO LASCIATO I CAVALLI...

BENE. ORA LA STORIA DIVENTA CHIARA.

ERANO SOLO IN DUE: UN BIANCO E UN INDIANO... LEGATI QUI I CAVALLI, SONO VENUTI DA NOI, EVIDENTEMENTE PER DARCI UNA MANO...

...POI SONO RIMONTATI IN SELLA E SONO ANDATI AL NORD. MMM... MA CHI DIAVOLO POSSONO ESSERE?

IL SEMPRE PIU' PERPLESSO ADAMS RIPRENDE A SEGUIRE LE ORME; MA, CIRCA TRE MIGLIA DOPO...

ADDIO TRACCE!

HANNO ATTRAVERSATO IL FIUME, E NON HO NE' LA VOGLIA NE' IL TEMPO DI SEGUIRLI FIN CHISSA' DOVE, SOLO PER SCOPRIRE CHI SIANO! ALL'INFERNO!

MEGLIO CHE MI AFFRETTI A RAGGIUNGERE KENTO, PRIMA CHE QUEL TESTA ROSSA DECIDA DI GIUOCARCI QUALCHE BRUTTO TIRO PER RIFARSI DELLA STRIGLIATA DELLA NOTTE SCORSA.

AVRA' SICURAMENTE LA BAVA ALLA BOCCA, QUELL'ACCIDENTE, MA QUANDO GLI AVRO' DETTO DELLE TRACCE CHE HO TROVATO DOVRA' PUR RENDERSI CONTO CHE NOI NON C'ENTRIAMO PER NIENTE NELLA BATOSTA CHE HA PRESO.

MA SE LO SCOUT IMMAGINASSE QUEL CHE LO ASPETTA, SI GUARDEREBBE BENE DALL'ESSERE TANTO OTTIMISTA. IL CAPO CHEYENNE, INFATTI, ASSOLUTAMENTE CONVINTO DI ESSERE STATO TRADITO DAI COMPLICI BIANCHI, HA TENUTO I SUOI GUERRIERI NEI DINTORNI DEL CAMPO, ED E' COSI' CHE ALCUNI DI LORO AVVISTANO BERT E NE SEGNALANO L'ARRIVO.

ARRIVA UN CANE BIANCO!

SE E' L'AMICO DI QUEL COYOTE DI CLAYTON, NON UCCIDETELO.

LA MORTE E' UN DONO CHE SI PUO' DARE A UN NEMICO VALOROSO, NON A UN TRADITORE DALLA LINGUA DOPPIA.

UGH!

POCO DOPO...

I CHEYENNES! BENE, BENE! NON SPERAVO DI INCONTRARLI COSI' PRESTO!

KENTO DEVE AVER MANDATO UNA PARTE DEI SUOI CON I CAVALLI AL VILLAGGIO, E TENUTO IL RESTO IN QUESTA ZONA, PREVEDENDO IL MIO ARRIVO.

MEGLIO COSI'! CIO' SIGNIFICA CHE HA NOTATO ANCHE LUI LE TRACCE CHE HO VISTO IO, E CHE HA CAPITO SUBITO COME STANNO LE COSE.

SALVE!...

TU METTI MANI IN ALTO!

COSA VI PRENDE?... IO...

?!

ALL'INFERNO!... PORTATEMI DA KENTO!

AHH!

THUD

QUALCHE MINUTO DOPO...

IL CANE DALLA LINGUA DOPPIA STA ARRIVANDO.

PREPARATE UNA BUCA!

PREGUSTANDO LO SPETTACOLO, I CHEYENNES SI AFFRETTANO A ESEGUIRE L'ORDINE E ALLORQUANDO RIPRENDE I SENSI, BERT ADAMS SCOPRE DI TROVARSI IN UNA SITUAZIONE PIUTTOSTO SPIACEVOLE.

DANNAZIONE!

223

KENTO E' STANCO DI SENTIRE LE MEN-
ZOGNE CHE ESCONO DALLA BOCCA DEL
SERPENTE DALLA PELLE BIANCA.

ORA IL CAPO CHEYENNE ANDRA'
CON I GUERRIERI AL VILLAGGIO
E MANDERA' MESSAGGI AI SUOI
AMICI, POI TORNERA' SULLA PISTA
DELLA CAROVANA E RACCOGLIE-
RA' MOLTI SCALPI.

ALTRI SCALPI E ALTRO BOTTINO VERRANNO PRESI QUANDO KENTO GUIDERA'
I GUERRIERI CONTRO LA CAROVANA DI AQUILA DELLA NOTTE, E ALLORA LA
FAMA DEL VALORE DEI CHEYENNES CORRERA' RAPIDA ATTRAVERSO
LA GRANDE PRATERIA.

DANNATO
STUPIDO
IMBECILLE!

WOAH!...SARA' DAVVERO UN GRANDE BOT-
TINO, PERCHE' I CHEYENNES ATTACCHERAN-
NO E DISTRUGGERANNO ANCHE LA GRAN-
DE CASA DEL MERCANTE BIANCO
HARPORT...

...E DA QUEL MOMENTO, KENTO NON
DOVRA' PIU' DIVIDERE IL BOTTINO
CON RINNEGATI BIAN-
CHI, MA TERRA' TUTTO
PER SE' E PER I SUOI
VALOROSI GUER-
RIERI...

226

HIIII-HHHIIII

UGH! ORA POSSIAMO ANDARE!

E SENZA NEPPURE PIÙ DEGNARE DI UNO SGUARDO L'ANTICO ALLEATO, KENTO E I SUOI CHEYENNES SI ALLONTANANO AL GALOPPO.

YAAAHHIIII!

BRUTTO VERME! HA VOLUTO SOLTANTO FERIRMI, PER CONDANNARMI A UNA SORTE PEGGIORE DI QUALSIASI ALTRA FINE... DIVORATO VIVO DAGLI AVVOLTOI!

GLI OCCHI FISSI AL CIELO, BERT SPIA L'AZZURRA VOLTA, DIBATTUTO FRA LA SPERANZA IN UN MIRACOLO E IL TERRORE DI VEDER SPUNTARE I SINISTRI RAPACI E, DOPO UN TEMPO CHE GLI SEMBRA ORRIBILMENTE BREVE...

ECCOLI LASSÙ!

HANNO SENTITO L'ODORE DELLA MORTE, QUELLE SCHIFOSE BESTIACCE!

E FRA NON MOLTO, PER ME SARA' L'INFERNO!

SONO PERDUTO, DANNAZIONE!

NELLO STESSO MOMENTO, QUALCHE MIGLIO PIU' INDIETRO...

LE TRACCE DEL RINNEGATO CHE SI ERA INCONTRATO CON GLI INDIANI!

LE STESSE CHE ABBIAMO RILEVATO IERI!

MEGLIO TENERE GLI OCCHI SBALANCATI! E' PASSATO DI QUI DA NON MOLTO. UN'ORA O DUE AL MASSIMO.

VAMOS! NON SO COSA DAREI, PER METTERGLI LE MANI ADDOSSO.

D'ACCORDO CON TE, MA SAREBBE SPIACEVOLE SE FINISSIMO PER INCAPPARE NEI CHEYENNES.

LO CREDO BENE.

228

POCO DOPO...

GUARDA! SI PARLAVA DEL LUPO ED ECCO CHE NE SPUNTANO LE TRACCE! DUE O TRE CHEYENNES SI SONO INCONTRATI QUI CON IL RINNEGATO.

E DAI UN'OCCHIATA A QUESTO!

UN CAPPELLO CON UN ORNAMENTO CHE LASCIA PARECCHIO PERPLESSI!

SENZA UNA PAROLA, TIGER SALTA A TERRA E COMINCIA A CONTROLLARE IL TERRENO, E ALLA FINE SI RIALZA CON ARIA DUBBIOSA...

NON CAPISCO!

SONO SICURO CHE QUESTE SONO LE STESSE ORME DEL CAVALLO FERRATO CHE ABBIAMO RILEVATO L'ALTRO GIORNO, E MENTRE E' CHIARO CHE L'UOMO NON HA NEMMENO TENTATO DI SCAPPARE, QUANDO HA VISTO I CHEYENNES, MA E' ANDATO LORO INCONTRO, NON SI CAPISCE INVECE IL MOTIVO PER CUI UNO DEI CHEYENNES LO ABBIA AGGREDITO E GETTATO DA CAVALLO.

NIENTE TRACCE DI SANGUE?

NO! LO HANNO COLPITO, POI RIMESSO A CAVALLO E PORTATO VIA IN QUELLA DIREZIONE!

PROPRIO DOVE STANNO ROTEANDO QUEGLI AVVOLTOI!

E NON TI DICONO NIENTE, QUEGLI UCCELLINI?

GRAN MANITO!... MI DICONO CHE DA QUELLE PARTI TROVEREMO LA RISPOSTA A PARECCHIE DOMANDE!

IN SELLA, ALLORA!... E TIENI PRONTO LO SPARAPIOMBO!

GLI AVVOLTOI STANNO VOLANDO SEMPRE PIU' BASSI, IL CHE DOVREBBE ESSERE ABBASTANZA RASSICURANTE, MA OGNI REGOLA HA LA SUA ECCEZIONE.

PER ME LAGGIU' C'E' QUALCUNO CHE HA GIA' COMINCIATO DA UN PEZZO L'ULTIMO VIAGGIO.

PROBABILE!

IN POCHI MINUTI, SUL POSTO RESTANO SOLO GLI AVVOLTOI ABBATTUTI, ED E' ALLORA CHE, MENTRE RICARICA LE ARMI, TEX, DANDO UN'OCCHIATA A BERT ADAMS, LO RICONOSCE.

GUARDA, GUARDA... IL TIRAPIEDI DELL'ILLU- STRE CLAYTON!

MMM...

COSA VORRESTI DIRMI?...CHE MI RINGRAZI PER AVERTI SALVATO LA PELLE?

UMH. FOSSI IN TE, ASPETTEREI A FARE IL DISCORSETTO DI RINGRAZIAMEN- TO!

?!

NON SO PROPRIO SE VERMI DEL TUO STAM- PO MERITINO DI ESSE- RE TOLTI DA QUEL BUCO.

HO SEGUITO LE TUE TRACCE, L'ALTRO GIORNO, E SO CHE TI SEI INCONTRATO CON GLI INDIANI PER COMBINARE CON LORO L'ATTACCO ALLA CAROVANA...

...E LA SOLA RISPOSTA CHE MANCA AL MIO PROBLEMA E' QUE- STA: COSA E' SUCCESSO FRA TE E I CHEYENNES PER SPINGERLI A CONDANNARTI A UNA SIMI- LE FINE?

234

TEX, SE NON GLI TOGLIAMO QUELLO STRACCIO DALLA BOCCA, NON L'AVRAI MAI QUELLA RISPOSTA.

GIUSTO! LEVAGLIE-LO!

ACQUA! E LEVATEMI QUESTA MALEDETTA LANCIA DAL PETTO. LA SUA PUNTA MI STA TORMENTANDO COME SE FOSSE UN CARBONE ARDENTE.

UNA DOMANDA, PRIMA: COS'E' ACCADU-TO FRA TE E I TUOI AMI-CI ROSSI?

LA SPARATORIA DELLA NOTTE SCORSA DEVE AVER LASCIATO IL SEGNO SULLA BANDA DI KENTO, E QUELL'IDIOTA SI E' CONVINTO DI ESSERE STATO INGANNATO DA ME E DA CLAYTON.

KENTO E' IL CAPO DEI CHEYENNES CON CUI SIETE D'ACCORDO PER DE-PREDARE LE CAROVANE, VERO?

SI'. MA ADES-SO E' ANDATO TUT-TO IN FUMO.

235

D'ORA IN POI I CHEYENNES AGIRANNO DA SOLI, E INVECE DI CONSEGNARE PARTE DEL BOTTINO AL SOLITO POSTO COMMERCIALE, SI TERRANNO TUTTO PER LORO.

DI QUALE POSTO PARLI?

AL DIAVOLO! NON VI SEMBRA CHE ABBIA GIA' RISPOSTO A PARECCHIE DOMANDE, E CHE ABBIA DIRITTO A UN PO' D'ACQUA?

GIUSTO!

E FATTOSI DARE UNA BORRACCIA DA TIGER, TEX ACCONTENTA A MODO SUO IL RINNEGATO.

AHHH...

SPLASH!

QUESTO E' PER INSEGNARTI LE BUONE MANIERE, MISTER. E NON FARTI TROPPE ILLUSIONI SUL NOSTRO BUON CUORE.

SE UN LADRO DI CAVALLI MERITA LA FORCA, GENTE COME TE DOVREBBE ESSERE FRUSTATA A SANGUE E ABBANDONATA POI NEL DESERTO DOPO ESSERE STATA MARCATA A FUOCO IN FRONTE, CON IL MARCHIO DI CAINO.

PERCIO', ATTENTO AL TONO, QUANDO PARLI CON ME. POTREI ESSERE TENTATO DI LASCIARTI DOVE SEI, MISTER...

...E PUOI BEN SCOMMETTERE CHE NON MI SAREBBE PER NIENTE DIFFICILE DIMENTICARMI COMPLETAMENTE DI AVER INCONTRATO UN RINNEGATO FICCATO VIVO IN UNA BUCA DAI SUOI AMICI INDIANI.

CAPACISSIMO DI FARLO, QUESTO TIZZONE D'INFERNO.

MI SONO SPIEGATO?

CERTO! NON SONO COSÌ IDIOTA COME SEMBRATE CREDERE, WILLER.

SENTITE, VOGLIO FARVI UNA PROPOSTA: TIRATEMI FUORI DA QUESTA MALEDETTA BUCA E IO VUOTERÒ IL SACCO SU TUTTA L'ATTIVITÀ DEL SIGNOR GOLDFIELD, CHE IL DIAVOLO SE LO PORTI!

TU CHE NE PENSI?... GLI DOBBIAMO CREDERE?

SE SCOPRIREMO CHE CI HA GABBATO, SAREMO SEMPRE IN TEMPO A PIANTARGLI UN MUCCHIO DI PIOMBO NELLA CARCASSA.

NON VI IMBROGLIERÒ, WILLER! CREDETE CHE NON MI RENDA CONTO CHE ORMAI I GIORNI DI GOLDFIELD SONO CONTATI?

A UN CENNO DI TEX, TIGER TOGLIE TERRA DALLA BUCA SINO A POTERNE ESTRARRE IL DISGRAZIATO. BERT...

...E DIECI MINUTI DOPO, RIPULITO E CON LA FERITA AL PETTO DISINFETTATA E FASCIATA, IL RINNEGATO MANTIENE LA SUA PAROLA...

NON PERDERO' TEMPO PARLANDOVI DI GOLDFIELD, POICHE' DI LUI SAPETE GIA' QUANTO NE SO IO...

...E VI DIRO' INVECE COME FUNZIONAVA LA SUA TRAPPOLA PER SPENNARE LA GENTE DELLE CAROVANE. CLAYTON DECIDEVA IL POSTO PIU' ADATTO PER FARE IL PRIMO COLPO, E MANDAVA ME DA KENTO PER STABILIRE IL MOMENTO MIGLIORE. DI SOLITO ANDAVA TUTTO LISCIO: IO MI PREOCCUPAVO DI SPARGERE IL PANICO E IMPEDIRE CHE CI FOSSE UNA REAZIONE AGLI ATTACCHI DEI CHEYENNES, E COSTORO PORTAVANO POI I CAVALLI RUBATI AL POSTO DI HARPORT.

E' LA SECONDA VOLTA CHE ACCENNI A QUESTO POSTO, DOV'E'?

AVETE PRESENTE LA REGIONE DA QUI AL SILVER PEAK?

CERTO, CONOSCO BENE TUTTO IL TERRITORIO DEL CEDAR RANGE FINO AL PASSO DI MONTGOMERY.

UHM!

ALLORA DOVRESTE RICORDARVI DELLA VECCHIA MISSIONE SPAGNOLA CHE SI TROVAVA QUASI A RIDOSSO DELLA MESA DEI PIUTES...

DIAVOLO! NON DIRMI CHE E' QUELLO IL POSTO.

PROPRIO COSI', INVECE. ANNI FA ERA SOLTANTO UN MUCCHIO DI ROVINE, MA HARPORT, QUANDO LO SCOPRI', NE AFFERRO' SUBITO L'IMPORTANZA.

HARPORT, A QUEL TEMPO, ERA ANCHE LUI UN CAPO CAROVANA COME CLAYTON, PERO' CON IN PIU' UNA GRAN VOGLIA DI AMMUCCHIARE ALLA SVELTA UNA MONTAGNA DI SOLDI SENZA DOVER SPARGERE SUDORE SULLA PISTA DELLA CALIFORNIA, E FURONO GIUSTO QUELLE ROVINE A FARGLI SPUNTARE LA GROSSA IDEA.

UHM... CONTINUA!

STABILITO UN ACCORDO CON GOLDFIELD, CHE RIMISE IN SESTO LA VECCHIA MISSIONE E FORNI' LE MERCI E IL BESTIAME NECESSARI, HARPORT, TRAMITE CERTI AMICI, FECE UN PATTO CON I CHEYENNES DI KENTO.

IN CAMBIO DEL BESTIAME RUBATO ALLE CAROVANE, KENTO RICEVE ARMI, MUNIZIONI, WHISKY E QUANTO ALTRO GLI PUO' SERVIRE. DOPO DI CHE SE NE TORNA AL VILLAGGIO, IN ATTESA DI UNA NUOVA CAROVANA DA ATTACCARE.

IN QUANTO AGLI EMIGRANTI, CHI E' RIMASTO SENZA ANIMALI DA TRAINO E' COSTRETTO AD ABBANDONARE IL CARRO, E GLI ALTRI NON POSSONO CHE AVANZARE LENTAMENTE, CONSUMANDO COSI' GRAN PARTE DELLE PROVVISTE COMPERATE A CEDAR CITY...

...E DI CONSEGUENZA, ALL'ARRIVO AL POSTO COMMERCIALE, VIVERI E CAVALLI NON HANNO PREZZO, E QUASI TUTTO IL DENARO DELLA GENTE PASSA RAPIDAMENTE DALLE LORO TASCHE ALLA CASSAFORTE DI HARPORT.

UN BEL GIOCHETTO CHE PERO' NON E' SENZA RISCHI. MAI SUCCESSO CHE QUEI POVERI DIAVOLI ABBIANO RICONOSCIUTO I LORO ANIMALI?

OSSERVAZIONE GIUSTA.

ED E' APPUNTO PER EVITARE COMPLICAZIONI DEL GENERE CHE HARPORT TIENE NEI CORRAL DEL SUO POSTO SOLO LE BESTIE RUBATE ALLA CAROVANA PRECEDENTE, MENTRE QUELLE PORTATE VIA DI FRESCO LE MANDA IN UNA PICCOLA VALLE POCO LONTANA.

COSI' NESSUNO CORRE RISCHI : NE' I CHEYENNES, CHE ATTACCANO A COLPO SICURO, NE' CLAYTON E IO, CHE SAPPIAMO DI POTER AVANZARE SULLA PISTA SENZA TEMERE DI FARE BRUTTI INCONTRI, NE' HARPORT, IL QUALE NON HA CHE DA ASPETTARE L'ARRIVO DELLE CAROVANE PER INTASCARE UN MUCCHIO DI DOLLARI.

GOLDFIELD, POI, GUADAGNA UNA PRIMA VOLTA VENDENDO I RIFORNIMENTI AGLI EMIGRANTI QUANDO SONO A CEDAR CITY, E UN SECONDO GROSSO GUADAGNO LO FA QUANDO HARPORT GLI MANDA LA SUA PARTE SUL RICAVO DELLA VENDITA DEL BESTIAME E DEI VIVERI!

BEL FEGATO A CHIAMARLA VENDITA! PER ME E' LA PIU' SPORCA RAPINA DI CUI ABBIA MAI SENTITO PARLARE.

NON GUARDATEMI COSI', WILLER... NON L'HO INVENTATO IO, IL SISTEMA.

NE FAI PARTE, PERO', E MI STO PROPRIO CHIEDENDO SE NON SIA IL CASO DI RICACCIARTI IN QUELLA BUCA E LASCIARTI LI' AD ASPETTARE L'ARRIVO DEI TUOI FRATELLI DI SANGUE DAI TAGLIENTI BECCHI E DALLE GRANDI ALI!

EHI, UN MOMENTO! IO VI HO DETTO TUTTO, E VOI AVEVATE PROMESSO CHE...

AVEVO SOLO DETTO CHE TI AVREI TIRATO FUORI DALLA TERRA...

...MA NON HO PROMESSO UN ACCIDENTE DI NIENTE, E SE PENSO A TUTTO IL MALE CHE HAI FATTO A UN MUCCHIO DI POVERA GENTE!..

VUOI CHE ME NE OCCUPI IO?

NO, TIGER... NON DOBBIAMO MACCHIARCI LE MANI CON IL SANGUE DI QUESTO SERPENTE. PENSERA' LA LEGGE A PUNIRLO.

COSA INTENDETE FARE DI ME?

QUESTO E' UN PROBLEMA CHE SPERO DI RISOLVERE ALLA SVELTA, COMUNQUE UNA COSA E' CERTA: LA TUA CARRIERA DI FURFANTE FINISCE QUI, E QUANTO PRIMA NE COMINCERAI UN'ALTRA, FORSE MENO REDDITIZIA, MA CERTO PIU' TRANQUILLA...

GRAN MANITO!

ZIP

VISTO CHE L'INDIANO E' SOLO FERITO, BERT SI PRECIPITA SUL CORPO DI TEX PER STRAPPARGLI LA COLT DALLA FONDINA...

DANNATO PELLEROSSA...

...MA PROPRIO MENTRE LA SFILA DAL FODERO, TIGER SI BUTTA FULMINEO SULLA LANCIA CHEYENNE RIMASTA PROVVIDENZIALMENTE FRA L'ERBA, L'AGGUANTA E LA SCAGLIA CON FORZA CONTRO IL RINNEGATO...

BANG

AAAHHHHAAAH!

MI VENGA UN COLPO, COME DICE IL VECCHIO CARSON. UN SOLO SECONDO DI RITARDO E MI AVREBBE MANDATO A PASSEGGIARE NELLE CELESTI PRATERIE!

ZIP

UN ATTIMO DOPO, TIGER E' CHINO SULLO SFORTU-
NATO PARD, ED E' CON BEN IMMAGINABILE SOLLIE-
VO CHE SCOPRE COME IL PROIETTILE NON ABBIA
NEMMENO INTACCATA LA PELLE.

DIAVOLO! SE QUESTA NON
E' UNA SFACCIATA FORTUNA...

LA PALLOTTOLA HA COLPITO DI STRI-
SCIO LA BANDA DI CUOIO CHE FASCIA
IL CAPPELLO, IL CHE HA PERMESSO A TEX
DI CAVARSELA CON UN BEL BERNOC-
COLO.

E POCO DOPO...

EHI!

NON IMPRE-
CARE! VA TUT-
TO BENE!

OHI,
LA MIA
TESTA!

E' ANCORA
INTERA, A PAR-
TE LA BOZZA
CHE TI STAI
TOCCANDO.

IO INVECE NON ME LA SONO CAVATA
ALTRETTANTO BENE, E TEMO CHE MI
RIMARRA' PER SEMPRE IL SEGNO DEL-
LA PALLOTTOLA REGALATAMI DA QUEL
MALEDETTO RINNEGATO.

244

COME E' SUCCESSO? RICORDO SOLO CHE STAVO ANDANDO VERSO IL MIO CAVALLO, QUANDO HO SENTITO UN COLPO ALLA TESTA ED E' SCESA LA NOTTE.

TI AVEVA SPARATO ADDOSSO L'AMICO DEI CHEYENNES.

AVEVA UNA DERRINGER NASCOSTA IN UNO STIVALE, IL NOSTRO FURBASTRO, E, QUANDO SI E' RESO CONTO DI NON POTER SPERARE NELLA NOSTRA CLEMENZA, HA DECISO DI GIUOCARE IL TUTTO PER TUTTO.

UHM!

UNA VERA FORTUNA CHE CI ABBIA MANCATI TUTTI E DUE. AVESSE AGITO CON PIÙ SANGUE FREDDO, A QUEST'ORA LUI SAREBBE IN VIAGGIO VERSO LA SALVEZZA E NOI VERSO L'INFERNO.

GIA'! MA NON E' FINITA COSI', E ALL'INFERNO CI STA GALOPPANDO LUI, ADESSO.

DISINFETTATA E BENDATA ALLA MEGLIO LA FERITA RIPORTATA DAL SUO PARD, TEX SEPPELLISCE POI IL RINNEGATO, QUINDI SI DIRIGE VERSO I CAVALLI.

ANDIAMOCENE!... DOBBIAMO AFFRETTARCI A TORNARE DAI NOSTRI AMICI PER DISCUTERE CON LORO IL PIANO MIGLIORE PER SISTEMARE UNA VOLTA PER SEMPRE TUTTA LA BANDA GOLDFIELD.

E LA CAROVANA DI CLAYTON?
CI PENSEREMO PIU' TARDI.
IMMAGINO CHE CLAYTON NON SI MUOVERA' DA DOVE SI E' ACCAMPATO ALMENO PER UN PAIO DI GIORNI, QUINDI AVREMO TUTTO IL TEMPO DI RAGGIUNGERLO.
?!
SE HO CAPITO BENE, HAI INTENZIONE DI RIUNIRE LE DUE CAROVANE E GUIDARLE INSIEME FINO AL PASSO DI MONTGOMERY.
PROPRIO COSI'!
ORMAI I CHEYENNES SI RITERRANNO LIBERI DAGLI IMPEGNI CON LA GENTE DI GOLDFIELD E NON CI METTERANNO MOLTO A DECIDERE UN NUOVO ATTACCO...
...PERCIO' AVREMO MAGGIORI PROBABILITA' DI BATTERLI FORMANDO UN SOLO GRUPPO. D'ACCORDO CHE NON SI POTRA' CONTARE SUI QUACCHERI COME COMBATTENTI, PERO' CI SARANNO DI AIUTO NEL PREPARARE LE DIFESE E PRENDERSI CURA DEI FERITI. IN QUANTO AI CHEYENNES, VEDRAI CHE FRA LA GENTE DELLA CAROVANA DI CLAYTON TROVEREMO SENZ'ALTRO UNA DECINA DI TIRATORI SUFFICIENTEMENTE DISCRETI DA POTERCI DARE UNA MANO NEL TENER TESTA AGLI INDIANI.

COMUNQUE, TENETE LE POCHE BESTIE RIMASTE AL CENTRO DEI CARRI E BARRICATE BENE GLI SPAZI FRA L'UNO E L'ALTRO: NON VOGLIO BRUTTE SORPRESE, STAVOLTA!

BENE!

E QUELL'IDIOTA DI BERT CHE NON SI FA ANCORA VIVO! POSSIBILE CHE NON SIA RIUSCITO A INCONTRARE KENTO?

DI SOLITO, DOPO IL COLPO DEI CAVALLI, I CHEYENNES LASCIANO SEMPRE QUALCUNO DI LORO NEI DINTORNI PER AVERE DA BERT ALTRE ISTRUZIONI, E ANCHE STAVOLTA DOVREBBERO AVERLO FATTO, PUR ESSENDOCI STATA QUELLA BALORDA SPARATORIA FUORI PROGRAMMA.

AL DIAVOLO!... QUESTA SARA' PROPRIO L'ULTIMA VOLTA CHE SPRECHERO' TEMPO E SUDORE A GUIDAR CAROVANE PER CONTO DEL SIGNOR GOLDFIELD!

OLTRE A TUTTO, CI SI E' MESSO ANCHE QUEL SECCATORE DI WILLER A PORRE BASTONI FRA LE RUOTE E, ANCHE SE SARA' DIFFICILE CHE RIESCA A USCIRE CON LA PELLE INTATTA DALL'ATTACCO DI KENTO, NON MI VA L'IDEA DI RITROVARMELO FRA I PIEDI.

PROPRIO IN QUEL MOMENTO, L'OGGETTO DELLE BEN GIUSTIFICATE PREOCCUPAZIONI DI CLAYTON STA GIUNGENDO CON IL FEDELE TIGER JACK IN VISTA DEL CAMPO DEI QUACCHERI!...

YAAHAAHEEEHiiiiii!

IL RICHIAMO DI TIGER!

LUI E TUO PADRE DEVONO AVER SENTITO L'ODORE DELLE BISTECCHE.

FORZA! PREPARA DUE PIATTI ABBONDANTI. BISOGNA METTERLI DI BUON UMORE, PRIMA DI DAR LORO LA BELLA NOTIZIA DELLA FUGA DEL CHEYENNE.

SALVE, COPPIA DI SFATICATI! TUTTO A POSTO?

COME NO?! E VOI?

AVREBBE POTUTO ANDAR PEGGIO. VI RACCONTERO' POI. ADESSO DATECI QUALCOSA DA METTERE SOTTO I DENTI: SIAMO A SECCO DA IERI SERA.

SEDETE E DIVORATE!... COME GENTE D'ARMI, QUESTI QUACCHERI SONO UN DISASTRO, MA COME CUOCHI SONO PIUTTOSTO IN GAMBA.

FAI GLI ONORI DI CASA, KIT. IO PENSO AI CAVALLI DI QUESTI DUE VAGABONDI.

SIEDI, PA'!

UN QUARTO D'ORA DOPO, INGOLLATA L'ULTIMA TAZZA DI CAFFÈ, TEX GUARDA IL SUO VECCHIO PARD.

IMMAGINO CHE TU MUOIA DALLA VOGLIA DI SAPERE COME È ANDATA.

CERTO.

E SOPRATTUTTO DI CONOSCERE LA CAUSA DELLA BOTTA CHE TI VEDO NELLA ZUCCA E DELL'IMBOTTITURA SULLA SPALLA DI TIGER.

RICORDI LO SCOUT DI CLAYTON?

CIELO! NON DIRMI CHE VI SIETE FATTI SORPRENDERE TUTTI E DUE DA QUELLA SOTTOSPECIE DI SCARAFAGGIO!

HAI PROPRIO MESSO IL DITO SULLA PIAGA. È STATO QUEL TANGHERO.

CHE IL DIAVOLO SE LO PORTI!

GIÀ FATTO, VECCHIO MIO. A QUEST'ORA CREDO ANZI CHE ABBIA ORMAI I CALLI SULLE MANI, A FURIA DI SPALAR CARBONE.

251

FORZA, PA'! NON TENERCI IN SOSPESO!

GIUSTO!

E SENZA FARSI **PREGARE OLTRE**, TEX RIASSUME GLI ULTIMI AVVENIMENTI, FINO ALL'EPILOGO DELLA FINE DI BERT ADAMS...

E SE TIGER NON FOSSE STATO SVELTO NELLO SCAGLIARE LA LANCIA...

PER GIOVE! NON FARMICI PENSARE!

ELIA GLENDON, CHE NEL FRATTEMPO SI ERA AVVICINATO CON IL FRATELLO AL GRUPPO E AVEVA ASCOLTATO QUASI TUTTO IL RACCONTO, NON PUO' TRATTENERSI DALL'INTERVENIRE...

TOGLIERE LA VITA A UN UOMO E' UN GRAVE PECCATO, SIGNOR WILLER. SIAMO TUTTI FRATELLI, E...

NON DITELO TROPPO FORTE.

NON PENSO CHE LO SCOUT DI CLAYTON NUTRISSE SENTIMENTI MOLTO FRATERNI MENTRE CERCAVA DI PIAZZAR PIOMBO CALDO NELLA MIA TESTA.

POSSO ESSERE D'ACCORDO CON VOI.

SE PERO' A QUELL'UOMO FOSSE STATO LASCIATO IL TEMPO DI PENTIRSI DELLE COLPE COMMESSE, FORSE AVREBBE POTUTO ESSERE TOCCATO DALLA GRAZIA DEL SIGNORE E VIVERE POI SECONDO LE SUE LEGGI.

PRIMA O POI LA LUCE DI DIO RISCHIARA ANCHE LE MENTI PIÙ OSCURATE DALLE TENEBRE DEL PECCATO.

LO CREDETE DAVVERO, SIGNOR GLENDON?

PUÒ DARSI! PERÒ IO SONO DEL PARERE CHE QUANDO C'È DEL MARCIO IN UNA FERITA, BISOGNA AFFRETTARSI A TOGLIERLO, SE SI VUOLE EVITARE CHE SI PRODUCA UN'INFEZIONE, E PER ME UN GIUDA È QUALCOSA DI MOLTO PEGGIO DI UNA CANCRENA.

BISOGNA CERCARE DI CAPIRE IL PUNTO DI VISTA DEL SIGNOR WILLER, ELIA. LA VIOLENZA È SEMPRE DA CONDANNARE E TUTTAVIA...

MI MERAVIGLIO DI TE, MARCUS.

PRENDI PER ESEMPIO QUEL POVERO INDIANO CHE HO LIBERATO...

?!

ADDIO! LA FRITTATA È FATTA.

EHI, UN MOMENTO, SIGNOR GLENDON! CHE RAZZA DI STORIA È QUESTA DELL'INDIANO LIBERATO?

UNA STORIA MOLTO SEMPLICE, SIGNOR WILLER, E CHE MOSTRA LA DIFFERENZA CHE PASSA FRA I NOSTRI MODI DI VEDERE. IL PRIGIONIERO CHE I VOSTRI PARDS AVEVANO LEGATO A RIMORCHIO DI UNO DEI CARRI, MENTRE OGGI SI AVANZAVA LUNGO LA PISTA, AVEVA INCIAMPATO PARECCHIE VOLTE ED ERA CADUTO MALAMENTE.

253

PERCIÒ HO AVUTO COMPASSIONE DI LUI, CHE ERA UN FIGLIO DEL SIGNORE COME TUTTI NOI, E HO TAGLIATO LE CORDE CHE LO TRATTENEVANO.

PEZZO DI SCEMO!

NON DITEMI CHE GLI AVETE ANCHE DATO UN CAVALLO E UN FUCILE.

NO, SIGNOR WILLER!

APPENA LIBERO, QUEL POVERO DIAVOLO È SCOMPARSO QUASI SUBITO FRA LE ALTE ERBE DELLA PRATERIA, E IN OGNI CASO NON MI SAREI MAI SOGNATO DI DARGLI UN'ARMA, CHE È UN PRODOTTO DEL MALIGNO.

BENE, MISTER GLENDON. QUEL CHE È FATTO È FATTO, E NON È IL CASO DI PIANGERE SUL LATTE VERSATO.

PERÒ POSSO GARANTIRVI UNA COSA: SE AL COSIDDETTO POVERO DIAVOLO CAPITERÀ DI TROVARSI ALLE VOSTRE SPALLE, STATE PUR CERTO CHE NON CI PENSERÀ DUE VOLTE A PIANTARVI UNA BELLA E LUNGA FRECCIA NELLA SCHIENA.

IN QUANTO A VOI DUE, MI MERAVIGLIO CHE...

PRIMA DI INSULTARCI, ASPETTA CHE TI ABBIA DETTO UN PAIO DI PAROLE.

254

QUANDO E' SUCCESSO IL GUAIO, IO ERO UN PAIO DI MIGLIA INNANZI ALLA CAROVANA PER CONTROLLARE LA PISTA, E TUO FIGLIO ERA SULLA SINISTRA DEI CARRI CON GLI UOMINI ADDETTI AI CAVALLI DI SCORTA.

CAPISCO. BEH, CAPITOLO CHIUSO, ALLORA. E IN OGNI CASO, STORIE DEL GENERE NON SUCCEDERANNO PIU', D'ORA IN POI.

?

VOI, SIGNORI, AVVERTITE I VOSTRI AMICI CHE DOMATTINA SI PARTIRA' PRIMA ANCORA DELL'ALBA. VOGLIO CHE I CARRI ARRIVINO AL MUDDY RIVER DI BUON MATTINO E PASSINO IL GUADO SENZA PERDER TEMPO. LASCERO' POI DUE ORE DI RIPOSO PER TUTTI, UOMINI E CAVALLI, E INFINE SI RIPARTIRA' PER RAGGIUNGERE LA CAROVANA DI CLAYTON.

?

?!

UN MOMENTO, SIGNOR WILLER! VOI CI AVEVATE PROMESSO DI GUIDARE LA NOSTRA GENTE IN CALIFORNIA, E...

CALMA, MISTER. HO FORSE DETTO CHE NON LO FARO'?

MANTERRO' LA MIA PAROLA, SIGNORI, MA QUESTO NON VUOL DIRE CHE IO ABBANDONI QUEI POVERI DIAVOLI ALLA LORO SORTE.

SE FORZEREMO LA MARCIA, DOMANI SERA POTREMO RIUNIRCI ALLA COLONNA DI CARRI CHE CI HANNO PRECEDUTO E, INSIEME, POTREMO MEGLIO FAR FRONTE ALL'ATTACCO CHE I CHEYENNES SCATENERANNO SICURAMENTE.

DIMENTICATE CHE NOI NON POSSIAMO NE' INTENDIAMO SPARGERE IL SANGUE DI ESSERI UMANI CHE DIFFERISCONO DA NOI SOLO PER IL COLORE DELLA PELLE.

STATE TRANQUILLO, MISTER: NON L'HO DIMENTICATO. MA GLI UOMINI DELL'ALTRA CAROVANA NON LA PENSANO COME VOI...

...ED E' APPUNTO SU DI LORO CHE I MIEI PARDS E IO CONTIAMO PER DARE UNA BUONA LEZIONE AI CHEYENNES.

E IL SIGNOR CLAYTON?

E' LUI IL CAPO DI QUELLA CAROVANA, E COME TALE HA IL DIRITTO DI...

NON DITE ALTRO, SIGNOR GLENDON!

FOSSE ANCHE GOVERNATORE O PRESIDENTE DEGLI STATI UNITI, IL SUDDETTO SIGNOR CLAYTON E' SOPRATTUTTO UN INSIGNE MASCALZONE E UN AUTENTICO FIGLIO DI GIUDA...

CHE ABBIA FATTO BRUTTI INCONTRI?

POCO PROBABILE!

IL MIO SCOUT HA TROPPA ESPERIENZA PER CADERE IN UN AGGUATO. E' INVECE POSSIBILE CHE IL SUO CAVALLO SI SIA AZZOPPATO METTENDO IL PIEDE IN QUALCHE BUCA DEL TERRENO, NEL QUAL CASO NON CI RESTA CHE ASPETTARE L'ALBA DI DOMANI.

CERCARE ADESSO LE SUE TRACCE SAREBBE SOLTANTO TEMPO SPRECATO. ANDATE PURE A DORMIRE. FRA QUATTRO ORE TOCCHERA' A VOI MONTARE DI GUARDIA.

BUENO! A PIU' TARDI, SIGNOR CLAYTON!

AL DIAVOLO! MA DOVE SI SARA' MAI FICCATO QUELL'ACCIDENTE?

CON I CHEYENNES SI E' INCONTRATO DI CERTO, PERCIO' MI CHIEDO COSA PUO' AVERGLI IMPEDITO DI TORNARE ALL'ACCAMPAMENTO PRIMA DI SERA.

LA STORIA DEL CAVALLO AZZOP-
PATO PUO' REGGERE FINO A UN
CERTO PUNTO, PERCHE' IN
QUESTO CASO BERT SA
BENE COME MANDARE SE-
GNALI DI FUMO PER CHIE-
DERE AIUTO.

NO! NIENTE CAVALLO
AZZOPPATO, QUINDI RE-
STA SOLTANTO UN'ALTRA
IPOTESI... KENTO ERA GIA'
ANDATO CON IL GROSSO
DEI SUOI AL VILLAGGIO,
E COSI' BERT SI E'
FATTO ACCOMPA-
GNARE LAG-
GIU'.

NON C'E' UNA DIVERSA SPIEGAZIONE,
ACCIDENTI, PERCIO' NON MI RE-
STA CHE ASPETTARE DOMANI
PER AVERE LA CONFERMA.

MA CLAYTON NON E' IL SOLO A NUTRIRE PRE-
OCCUPAZIONI, INFATTI ALL'ACCAMPAMENTO DI
KENTO...

WOAH! AVREB-
BE GIA' DOVUTO
ESSERE TOR-
NATO.

UGH!

FORSE LA CAROVANA DI
AQUILA DELLA NOTTE ERA PIU'
LONTANA DI QUANTO AVESSE
DETTO QUEL RINNEGA-
TO.

FORSE! I CANI BIANCHI
PARLANO SEMPRE CON
LINGUA DI SERPEN-
TE!

SE, PER ALLORA, GROSSO COLTELLO NON SARA' TORNATO, PREPAREREMO L'ATTACCO CONTRO IL RINNEGATO CLAYTON E POI TENDEREMO LA TRAPPOLA PER AQUILA DELLA NOTTE.

UGH!

DOVREMO ALLORA ASPETTARE AD ATTACCARE LA PRIMA CAROVANA?

SOLO FINO A QUANDO IL SOLE DI DOMANI SARA' ALTO.

L'ALBA DEL GIORNO DOPO VEDE I CARRI DEI QUACCHERI GIA' IN MARCIA VERSO IL GUADO DEL MUDDY RIVER...

DOVREMMO RAGGIUNGERE LA CAROVANA CHE CI PRECEDE VERSO SERA, PERO' DIREI DI NON RISCHIARE TROPPO.

QUAL E' LA TUA IDEA?

VISTO CHE QUESTA BRAVA GENTE NON CORRE PERICOLI IMMEDIATI, SAREI DEL PARERE DI LASCIARE TIGER CON LORO PER AIUTARLI A GUADARE IL FIUME, E NOI FILARE INTANTO DAGLI ALTRI.

NON ANDRETE TROPPO LONTANO, SPERO.

STATE TRANQUILLO. CI RIVEDRETE SICURAMENTE PRIMA DI SERA.

DIECI MINUTI DOPO, PRELEVATA UNA CASSETTA DI DINAMITE DAL CARRO DEI GLENDON, I TRE PARDS FILANO VIA...

...MENTRE, NELLO STESSO MOMENTO, AL CAMPO CHEYENNE...

GUARDATE!

UN SEGNALE DI CHIAMATA DALLE ALTURE DEL BISONTE NERO.

NON PUO' ESSERE CHE GROSSO COLTELLO.

SI TRATTA, INFATTI, DELL'ESPLORATORE INVIATO DA KENTO PER AVERE PIU' SICURE INFORMAZIONI SULLA CAROVANA AFFIDATA A TEX, E CHE, LIBERATO COSI' INSPERATAMENTE DAI QUACCHERI, HA MARCIATO FINO AL LIMITE DELLE SUE FORZE, DECIDENDOSI POI A FARE I MESSAGGI DI FUMO SOLO QUANDO SI E' SENTITO SICURO CHE SAREBBERO STATI VISTI DAL VILLAGGIO.

WOAH!... ORA LI NOTERANNO SICURAMENTE...

262

E POCO DOPO...

UGH!... LA LUNGA CORSA DI GROSSO COLTELLO E' FINITA!

TRE GUERRIERI SONO INTANTO PARTITI DALL'ACCAMPAMENTO...

YAAAHHEEEHH!!!!!!

...E, IN CAPO A POCHE ORE, GROSSO COLTELLO PUO' RACCONTARE LE SUE PERIPEZIE A KENTO.

E SONO STATI PROPRIO I CANI BIANCHI A LIBERARTI?

SI'! SONO UOMINI MOLTO STRANI CHE NON PORTANO ARMI, E I CUI SCALPI SARANNO FACILI DA PRENDERE.

PERO' E' UN MALE CHE TU TI SIA LASCIATO SORPRENDERE DA AQUILA DELLA NOTTE.

WOAH! QUELLO E' PEGGIO DI CENTO SERPENTI E PIU' SVELTO DI UN GIOVANE PUMA...

COME MAI NON E' VENUTO SULLE TUE TRACCE?

QUANDO SONO STATO LIBERATO, AQUILA DELLA NOTTE E L'INDIANO NAVAJO ERANO GIA' PARTITI DA MOLTE ORE SULLA PISTA DEL FIUME...

263

DI CLAYTON ?... UN PREZIOSO TESTIMONE DI ACCUSA CONTRO GOLDFIELD.

COME LA MAGGIOR PARTE DEI DELINQUENTI DI MEZZA TACCA, QUEL LADRONE NON ESITERÀ UN SECONDO A GETTARE A MARE IL SUO GRAN CAPO, PUR DI CAVARSELA CON UNA CONDANNA MITE, E LA SUA DEPOSIZIONE SARÀ DECISIVA PER LA CHIUSURA DEL CASO.

PECCATO, PERÒ! CERTA GENTE STAREBBE MOLTO MEGLIO SOTTO UN BEL METRO DI TERRA!

CI FINIRÀ LO STESSO, VECCHIO MIO, NON DUBITARE! MA, NEL NOSTRO CASO, CLAYTON È PIÙ IMPORTANTE VIVO CHE MORTO.

AMEN!

AL TRAMONTO DELLO STESSO GIORNO...

INDIANI ?!...

NO !...TRE BIANCHI!

E SI DIRIGONO PROPRIO VERSO DI NOI!

CHIAMATE IL SIGNOR CLAYTON!

E POCO DOPO... WILLER E CARSON!... IL DIAVOLO SE LI PORTI! MA CHE CI FANNO DA QUESTE PARTI?

SALVE, GENTE.

SALVE!... UNA BELLA COMBINAZIONE INCONTRARVI QUI!

NON TANTO, MISTER CLAYTON!

ERO QUASI CERTO DI TROVARVI ANCORA ACCAMPATI NELLO STESSO POSTO IN CUI VI AVEVO VISTI DUE NOTTI FA, QUANDO VI ATTACCARONO I CHEYENNES!

?!

E, A PROPOSITO... NESSUNA NOTIZIA DEI CAVALLI CHE VI HANNO PORTATO VIA?

SEMBRA CHE SIATE AL CORRENTE DI UN MUCCHIO DI COSE, MISTER WILLER.

E' VERO!... CON QUELLO CHE SO SULL'ATTACCO DEI CHEYENNES E SU CERTI ACCORDI FRA LORO E ALCUNI BASTARDI RINNEGATI DI PELLE BIANCA POTREI RIEMPIRE UN LIBRO.

266

NON CAPISCO... E' VERO CHE SIAMO STATI ATTACCATI DAGLI INDIANI, MA STO GIUSTO ASPETTANDO IL RITORNO DELLA MIA GUIDA PER...

SE ALLUDETE A BERT ADAMS, DOVRETE ATTENDERE ANCORA PARECCHI GIORNI, ALLORA.

LO ABBIAMO VISTO NOI IERI MENTRE CHIACCHIERAVA AMABILMENTE CON UN PAIO DI CHEYENNES...

... E, SICCOME AVEVA L'ARIA DI NON GRADIRE ECCESSIVAMENTE IL SUDDETTO INCONTRO, CI SIAMO VISTI OBBLIGATI A STENDERE I DUE MUSI ROSSI E A DARE UN FRACCO DI LEGNATE AL VOSTRO ASTUTO ADAMS.

DOPO DI CHE, MESSO DI FRONTE ALLA BOCCA ANCORA CALDA DI UNA 45, HA PENSATO BENE DI EVITARE UNA FINE PREMATURA RACCONTANDOCI UN SACCO DI COSE INTERESSANTISSIME!

VI HA MENTITO!... IO NON SO NIENTE DI ADAMS E...

SMACK

EH! CHE VI PRENDE?

CALMA! E CHE NESSUNO SI SOGNI DI FARE L'EROE!

267

IL VOSTRO ILLUSTRE CAPO-CAROVANA STA PER INIZIARE UN LUNGO DISCORSO E, FINO A CHE NON LO AVRETE ASCOLTATO FINO IN FONDO, NON FATE NIENTE DI CUI POTRESTE PENTIRVI.

CARSON!... KIT!... TENETE GLI OCCHI APERTI!... POTREBBE DARSI CHE BERT ADAMS NON FOSSE IL SOLO COMPLICE.

STAI TRANQUILLO!

AL PRIMO CHE FA UNA MOSSA SBAGLIATA FACCIO FARE UN TALE TONFO ALL'INFERNO DA SVEGLIARE IL PIÙ ADDORMENTATO DEI DIAVOLI!

E ADESSO A NOI DUE, FURFANTE! IN PIEDI!

ADAMS HA FATTO LA SUA PARTE DI CHIACCHIERATA, MA ADESSO VOGLIO SENTIRE DA TE IL RESTO DELLA BELLA STORIA.

NON SO NIENTE!

CH'IO SIA IMPICCATO SE LO SO ! BERT...

UH!

TUM

PIANTALA CON IL TUO BERT!... TIRARLO IN BALLO PER SCARICARGLI ADDOSSO TUTTO QUANTO NON SERVE A NIENTE! *BERT ADAMS E' MORTO!*

E POICHE' MI STO ACCORGENDO CHE TENTARE DI SALVARTI LA PELLE, FACENDOTI CONFESSARE TUTTO LO SPORCO GIOCO DI GOLDFIELD, E' UNA PURA PERDITA DI TEMPO, TI ABBANDONERO' ALLA TUA SORTE!

?!

GENTE!...QUALCUNO DI VOI SA COSA FACEVANO UN TEMPO GLI UOMINI DELLE CAROVANE, QUANDO SCOPRIVANO FRA DI LORO UN TRADITORE ?

LO SO IO, MISTER !

LI LEGAVANO A UNA RUOTA DI CARRO E LI FRUSTAVANO A MORTE!

ESATTO!

ASCOLTATO CON PROFONDA ATTENZIONE DAI COMPONENTI LA CAROVANA, ORMAI TUTTI AMMASSATI INTORNO A LUI, TEX RIVELA QUELLO CHE SA SULLA LOSCA ORGANIZZAZIONE DIRETTA DA GOLDFIELD PER SFRUTTARE AL MASSIMO, ANCHE A COSTO DEL PEGGIO, LE CAROVANE DIRETTE IN CALIFORNIA, E UN CORO DI URLA E IMPRECAZIONI RABBIOSE ACCOGLIE LA FINE DEL RACCONTO.

MALEDETTO RINNEGATO!

A MORTE!

PRENDETELO!

DIECI, VENTI MANI AFFERRANO JIM CLAYTON, TUTTORA SVENUTO, E LO TRASCINANO VERSO IL CARRO PIU' VICINO...

PRENDETE DELLE CORDE!

...ALTRE GLI ARTIGLIANO I VESTITI, STRAPPANDOGLIELI SELVAGGIAMENTE DI DOSSO...

DANNATO GIUDA!

...E IN POCHI MINUTI, IL COMPLICE DI GOLDFIELD E' LEGATO A UNA RUOTA...

NOOO!... NOOO!

CHIUDI LA BOCCA, BASTARDO!

SOCK

PA'!... QUELLI LO AMMAZZANO!

STANNO APPLICANDO UNA DELLE LEGGI DEL VECCHIO WEST!

E INTENDI RESTARE A GUARDARLI?

SUVVIA... SONO DOMANDE DA FARE, QUESTE?

FRATTANTO, ARMATISI DI PESANTI FRUSTE, PARECCHI UOMINI STANNO PER DARE IL VIA ALLA TERRIBILE ESECUZIONE...

A ME IL PRIMO COLPO!... L'UOMO UCCISO L'ALTRA NOTTE DAI CHEYENNES ERA MIO FRATELLO!

AAHHH!

SLACK

QUESTO E' PER AVER FATTO RUBARE I MIEI CAVALLI!

AHH!

SLACK

E QUESTO PER ABITUARTI AI MORSI DELLE FIAMME DELL'INFERNO!

AHH!

SLACK

TI LEVEREMO TUTTA QUANTA LA TUA SPORCA PELLE, RINNEGATO!
PÀ!
HO CAPITO!
BANG
?
?
?
?!
!!
G. TICCI
FINE DELLA FIESTA, GENTE!
?!
FINE UN ACCIDENTE, MISTER, MIO FRATELLO...
BASTA COSÌ!

MI SPIACE PER TUO FRATELLO, COSI' COME MI SPIACE PER TUTTO IL RESTO, MA QUEST'UOMO NON LO DEVE TOCCARE PIU' NESSUNO. CHIARO ?

BAH... LO DITE VOI, MISTER!

ORA LO DICE ANCHE QUESTA!

CLICK

?!

E SIA BEN CHIARO ANCHE QUALCOS'ALTRO, GENTE. I MIEI PARDS E IO SIAMO VENUTI QUI PER SALVARE LA VOSTRA CAROVANA E PORTARVI AL SICURO OLTRE IL PASSO DI MONTGOMERY...

... MA SE QUALCUNO E' DI PARERE CONTRARIO E NON CI VUOLE FRA I PIEDI NON HA CHE DA DIRLO, E CE NE ANDIAMO DI CORSA A OCCUPARCI DELL'ALTRA CAROVANA. NON CERCHIAMO NE' RICONOSCENZA NE' MEDAGLIE, PERO' NON SIAMO PER NIENTE DISPOSTI A TOLLERARE ALCUNA INTERFERENZA NEGLI ORDINI CHE VI DAREMO DI VOLTA IN VOLTA PER IL VOSTRO STESSO BENE.

E, TANTO PER COMINCIARE, UNO DEGLI ORDINI E' QUESTO: "LIBERATE QUELL'UOMO E METTETELO AL SICURO IN UNO DEI CARRI"!

CLAYTON CI SERVE VIVO, PER TESTIMONIARE DAVANTI A UNA CORTE CONTRO QUEL MASCALZONE DI GOLDFIELD. CHIARO QUESTO?

NON MOLTO!

PER ME SAREBBE PIU' CHIARO SE COSTITUISSIMO SUBITO QUI UNA BELLA GIURIA PRONTA AD APPLICARE LA LEGGE DI LYNCH. CORDA CE N'E' IN ABBONDANZA, E...

E TU SARESTI PIU' CHE PRONTO A FAR LA PARTE DEL BOIA. NON E' COSI', AMIGO?

BENE!... SENTIAMO ALLORA COSA NE DICONO GLI ALTRI! FORZA, GENTE: QUESTA E' L'OCCASIONE PER SCEGLIERE LA VOSTRA PISTA.

LO AVETE SENTITO? DECIDETEVI!

PER UN LUNGO MINUTO, NESSUNO RISPONDE, POI UNA VOCE SI LEVA DAL GRUPPO...

CI AFFIDIAMO A VOI, WILLER!...TUTTO QUEL CHE VI CHIEDIAMO E' DI PORTARCI IN SALVO IN CALIFORNIA!

D'ACCORDO, GENTE... DA QUESTO MOMENTO, ALLORA, ASSUMO LA GUIDA DELLA VOSTRA CAROVANA, CHE RIUNIRO' AL PIU' PRESTO CON QUELLA DEI QUACCHERI, CHE DISTA DA QUI NON PIU' DI UNA GIORNATA.

E' TUTTA BRAVA GENTE, CHE HA IL SOLO DIFETTO DI NON VOLER USARE LE ARMI CONTRO NESSUNO, MA, UNITI AI VOSTRI, I LORO CARRI POTRANNO FORMARE UNA PIU' SOLIDA E SPESSA BARRIERA QUANDO I SIGNORI CHEYENNES TORNERANNO PER FARVI VISITA!

PERCHE' TORNERANNO, QUEI LADRONI ROSSI, E STAVOLTA NON SARA' SOLO PER PORTARVI VIA I CAVALLI, MA TUTTO QUELLO CHE AVETE, *CAPIGLIATURE COMPRESE!* CI POTETE SCOMMETTERE!

IN QUANTO A TE, AMIGO, SEI RIMASTO IL SOLO A ESSERE DI PARERE DIVERSO... INSISTI ?

NON MI PIACE LA GENTE CHE MI CHIEDE UN'OPINIONE TENENDOMI UNA COLT PUNTATA CONTRO.

SE È SOLO PER QUESTO... ECCOTI ACCONTENTATO!

MA L'ATTIMO STESSO IN CUI TEX RIMETTE LA COLT NELLA FONDINA, IL DESTRO DEL BARBUTO SCATTA, MANCANDO IL BERSAGLIO DI UN SOFFIO...

ORA TI MOSTRO QUEL CHE TI PUÒ SUCCEDERE A DARMI DEL "BOIA"!...

SVELTO, L'AMICO!

INDIETRO TUTTI!... INDIETRO!

QUEL VERME BARBUTO... HAI VISTO?

UN PO' ME L'ASPETTAVO CHE FOSSE UN "ROGNOSO"... ATTENTO!

ECCOLO CHE VOLA!

CON UNO DEI TANTI COLPI IMPARATI IN ANNI DI INNUMEREVOLI SCONTRI CON AVVERSARI D'OGNI GENERE, TEX HA FATTO LETTERALMENTE VOLARE L'OSTINATO ANTAGONISTA, E SI RIALZA PROPRIO MENTRE QUESTI PIOMBA AL SUOLO CON UN TONFO SORDO.

SEI GRANDE E GROSSO, AMICO... MA NON ABBASTANZA DA SPERARE DI ROMPERMI LE OSSA...

THUMPF

PER QUALCHE ISTANTE, L'UOMO RESTA STORDITO A TERRA, POI SI ALZA SUI GOMITI E SCUOTE LENTAMENTE LA TESTA...

AL DIAVOLO! CHE E' SUCCESSO?

NIENTE DI STRAORDINARIO, BARBANERA!... HAI SOLO SBAGLIATO AVVERSARIO!

AL MIO PAESE NON C'ERA NESSUNO CAPACE DI METTERMI GIU'...

IL TUO PAESE DEV'ESSERE PIUTTOSTO LONTANO, FRATELLO.

CHE IO SIA DANNATO!... DEVI AVER USATO QUALCHE MALE-DETTO TRUCCO!

PROBA-BILE!

QUANDO LOTTANO, GLI APACHES USANO MON-TAGNE DI TRUCCHI, E SE CI VUOI RIPROVARE...

PUOI SCOMMET-TERCI!

TRUCCHI O NON TRUCCHI, ROCKY BENNETT FINIRA' PER STENDERTI, BELLEZZA!

SOTTO, ALLORA!

TEX NON HA ANCORA FINITO DI PAR-LARE CHE L'UOMO GLI SI GETTA CONTRO, BRACCIA ALLARGATE PER SERRARLO ALLA VITA...

...MA, PER TEX, QUEL TIPO DI ATTACCO NON E' PROPRIO NIENTE DI NUO-VO E, UN SECONDO PRIMA CHE L'AVVERSARIO GLI SIA ADDOSSO, SI CHINA FULMINEAMENTE E LO COLPISCE DI TESTA NELLO STOMACO...

?!

TUMP

280

... POI, PRIMA CHE BENNETT POSSA RIPRENDERSI, SGUSCIA VIA DI SOTTO AL BARCOLLANTE BARBUTO E GLI SFERRA UN VIOLENTO COLPO SULLA NUCA CON IL TAGLIO DELLE MANI UNITE.

THUD

TUMPF

BEH, DIREI CHE QUESTA SIA LA FINE DEL DISCORSO!

GIÀ! POCHE PAROLE, MA DETTE AL MOMENTO GIUSTO.

QUALCUNO DI VOI GLI DIA LA SVEGLIA, PER PIACERE!

UN ABBONDANTE SORSO DI WHISKY, PER ESEMPIO, POTREBBE FORSE RIMETTERLO DI BUON UMORE E FARGLI APPARIRE LA NOSTRA DISCUSSIONE SOTTO UNA LUCE UN PO' MENO FOSCA.

E SE ACCADESSE IL CONTRARIO?

DETTO FRA NOI, MI RINCRESCEREBBE MOLTO, MISTER!

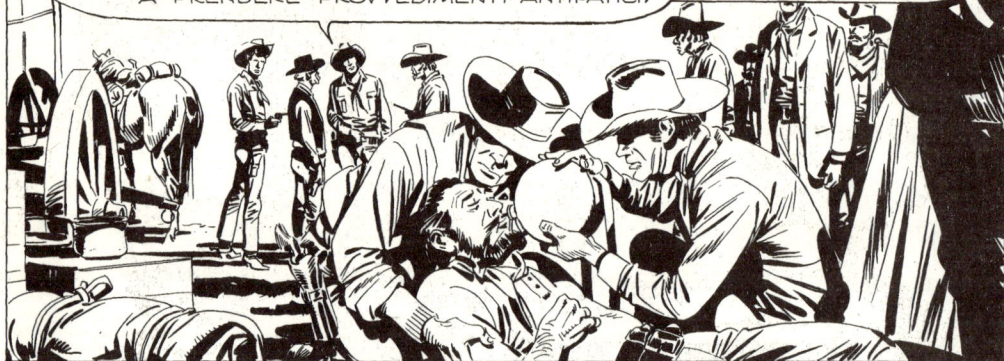

E ADESSO CHE ABBIAMO RAGGIUNTO IL PIENO ACCORDO SU TUTTO, TORNATE PURE AI VOSTRI CARRI, RICORDANDO PERO' CHE, TERMINATO DI CENARE, VOGLIO I CAPIFAMIGLIA INTORNO A NOI PER DISCUTERE SULLA SITUAZIONE. D'ACCORDO, GENTE?

CERTO, MISTER WILLER!

UN' ULTIMA COSA... C'E' NESSUNA ANIMA BUONA CHE VOGLIA OFFRIRE A ME E AI MIEI PARDS QUALCHE GROSSA BISTECCA E MEZZA PINTA DI CAFFE' FORTE E NERO?

L'ANIMA BUONA E' GIA' QUI DAVANTI A VOI, WILLER!

E NON DITEMI DI NO, PERCHE', IN CAMBIO DELLE BISTECCHE, INTENDO CHIEDERVI NOTIZIE SU CERTI VOSTRI SISTEMI PER FAR SVOLAZZARE IN ARIA GLI ELEFANTI DEL MIO CALIBRO.

AFFARE FATTO, ROCKY!

LE PRIME OMBRE DELLA SERA, FRATTANTO, STANNO CALANDO RAPIDAMENTE! MENTRE ALCUNI PIONIERI SI OCCUPANO DI METTERE AL SICURO CLAYTON, GLI ALTRI DISPONGONO IL CAMPO PER LA NOTTE...

284

LE DONNE DELLA CAROVANA, AFFACCENDATE INTORNO AI FUOCHI, ACCELERANO I PREPARATIVI PER LA CENA...

...ED E' SOLO CIRCA DUE ORE DOPO CHE, UNO ALLA VOLTA, TUTTI I CAPI-FAMIGLIA SI RADUNANO PRESSO IL CARRO DI ROCKY **BENNETT PER** ASCOLTARE L'ESPOSIZIONE DEI FATTI CHE TEX TRATTEGGIA CON ESTREMA CHIAREZZA.

...E, PER CONCLUDERE, PUR NON ASPETTANDOMI CHE I CHEYENNES SI FACCIANO VIVI PRIMA DI UN PAIO DI GIORNI, VI CONSIGLIO DI STABILIRE DEI TURNI DOPPI DI GUARDIA INTORNO AL CAMPO.

ACCENDETE MOLTI FUOCHI, IN MODO CHE FORMINO QUASI UN CERCHIO ALL'ESTERNO DEI CARRI, PERO' NON COMMETTETE LA DABBENAGGINE DI STARCI VICINO.

I FALO' DEVONO SERVIRE A RISCHIARARE IL TERRENO, PER IMPEDIRE AGLI INDIANI DI APPROFITTARE DEL BUIO E DI STRISCIARE SINO AI "CONESTOGA", E NON PER ILLUMINARE LE SENTINELLE FACENDONE FACILI BERSAGLI PER LE FRECCE DEI CHEYENNES. CHIARO?

SCAVATE ANCHE DELLE BUCHE, ALL'INTERNO DEL PERIMETRO: VI PERMETTERANNO DI SPARARE STANDOVENE BENE AL RIPARO.

SIETE DAVVERO CONVINTO CHE NON CI ATTACCHERANNO, STANOTTE?

CI GIUOCO QUELLO CHE VOLETE, MISTER. MA POICHE' E' SEMPRE MEGLIO ESSERE PREPARATI AL PEGGIO, FATE COME VI HO DETTO.

ULTIMO CONSIGLIO: CONTROLLATE BENE LE VOSTRE ARMI E TENETE SOTTOMANO LE SCATOLE DI MUNIZIONI, UN FUCILE DIFETTOSO O SCARICO PUO' DIVENTARE UNA FACILE OCCASIONE PER FARE UN LUNGO VIAGGIO ALL'ALTRO MONDO.

VEDREMO DI NON FARLO, QUESTO LUNGO VIAGGIO!

POTETE SCOMMETTERCI, WILLER!

UUHHUUHHHH

?

AL DIAVOLO!...FORSE QUESTO URLO...

RASSICURATEVI! E' SOLTANTO UN COYOTE!

286

E TANTO PER TOGLIERVI ECCESSIVE PAURE, VI DIRÒ CHE NOI TRE, A TURNO, ANDREMO A FARE DEI GIRETTI NEI DINTORNI, PROPRIO PER CONTROLLARE CHE FRA GLI ANIMALI NOTTURNI A QUATTRO ZAMPE NON VE NE SIANO ANCHE DI QUELLI A DUE.

NON SARÀ UN GROSSO RISCHIO, WILLER?

CERTO CHE LO SARÀ... MA PER GLI EVENTUALI PREDONI ROSSI CHE CAPITASSERO A TIRO DELLE NOSTRE COLT!

QUALCHE MINUTO DOPO, SCIOLTO IL RADUNO, TEX SI RIVOLGE A ROCKY...

SAI USARE LA DINAMITE?

CERTO!

HO LAVORATO PER QUASI TRE ANNI NELLA MINIERA DI VIRGINIA CITY, E SAPREI INNESCARE UNA CARTUCCIA DI DINAMITE ANCHE DI NOTTE E PERFINO A OCCHI BENDATI!

SPLENDIDO.

LASCERÒ A TE E A MIO FIGLIO UNA BUONA PARTE DELL'ESPLOSIVO CHE ABBIAMO PORTATO CON NOI, E SONO CERTO CHE NE FARETE BUON USO NEL CASO DI UN ATTACCO.

E VOI?

DAL MODO COME PARLATE SI DIREBBE CHE ABBIATE L'INTENZIONE DI ANDARVENE CHISSÀ DOVE.

INFATTI!...AVEVO PROMESSO AI QUACCHERI DI TORNARE ALLA SVELTA, E NON VOGLIO CHE QUELLA BRAVA GENTE SI PRENDA INUTILI SPAVENTI!

COME HO GIÀ DETTO PRIMA, SONO CERTO CHE I CHEYENNES NON SI FARANNO VIVI, STANOTTE, PERCIÒ NON DEVI PREOCCUPARTI.

UHM!

E SE QUEI VERMI FOSSERO INVECE QUI INTORNO E SALTASSERO ADDOSSO PROPRIO A VOI DUE?

NIENTE PAURA!

IN QUEL CASO SENTIRETE TUTTI UN MUCCHIO DI BACCANO E CI VEDRETE PRESTO TORNARE AL CAMPO VENTRE A TERRA.

PURCHÈ VE LO LASCINO, IL TEMPO DI TORNARE.

STAI TRANQUILLO, AMICO!... ENTRO VENTIQUATTR'ORE SAREMO DI NUOVO QUI. E IN BUONA COMPAGNIA ANCHE.

ME LO AUGURO, WILLER.

POCHI MINUTI DOPO, PRESE CON LORO SOLO ALCUNE CARTUCCE DI DINAMITE GIA' INNESCATE, I DUE PARDS SPINGONO I CAVALLI VERSO IL MUDDY RIVER

CREDI CHE LI TROVEREMO AL GUADO?

SONO QUASI CERTO DI SI'!

TIGER SA QUANTO SIA PREZIOSO IL TEMPO, IN CASI COME QUESTI, E AVRA' SICURAMENTE ACCELERATO LA MARCIA DEI CARRI.

SPERIAMOLO.

PERCHE', A DIRLA FRA NOI, TIRERO' UN GRAN SOSPIRO DI SOLLIEVO SOLO QUANDO LE DUE CAROVANE SARANNO UNITE.

LO SARANNO PRESTO, VECCHIO MIO!

TEX WILLER STAVOLTA E' BUON PROFETA. IL GIORNO DOPO, INFATTI, POCO PRIMA DEL TRAMONTO, I "CONESTOGA" DEI QUACCHERI SI UNISCONO A QUELLI CHE LI STAVANO PRECEDENDO, E IN MENO DI UN'ORA, FORMANO UN GRANDE CERCHIO.

PRESTO!... PRESTO!... BESTIE AL CENTRO E RAVVICINATE I CARRI!...

AVETE SENTITO?

FORZA, GENTE! FORZA!

289

NESSUNA TRACCIA DEI CHEYENNES?

NO. MA CON NOVE PROBABILITÀ SU DIECI LI AVREMO ADDOSSO DOMATTINA ALL'ALBA.

PERCIÒ DATEVI TUTTI DA FARE PER ESSERE PRONTI AL PEGGIO. INTANTO, FINCHÉ C'È LUCE, TAGLIATE L'ERBA INTORNO AL CAMPO.

GLI INDIANI, SE DOVESSERO FALLIRE I LORO ATTACCHI, POTREBBERO ESSERE TENTATI DI MANDARE ARROSTO L'INTERA CAROVANA. SGOMBRATE QUINDI IL TERRENO PER UNA PROFONDITÀ DI ALMENO CINQUANTA METRI E PORTATE L'ERBA ALL'INTERNO.

DOBBIAMO SCAVARE ALTRE BUCHE?

G. TICCI

NO!... QUELLE CHE AVETE PREPARATO SONO PIÙ CHE SUFFICIENTI. CONTROLLATE PIUTTOSTO LE VOSTRE ARMI E, POI, STABILITE DEI TURNI DI GUARDIA.

ANCHE SE ATTACCHERANNO ALL'ALBA, GLI INDIANI COMINCERANNO STANOTTE STESSA A DARE IL VIA AL LORO CONCERTO, E CIÒ ALLO SCOPO DI TENERVI TUTTI SVEGLI PER RIDURVI CON I NERVI A PEZZI E I CERVELLI STANCHI PER LA NOTTE INSONNE, PERCIÒ NON PRESTATEVI AL LORO GIOCO.

CINQUE O SEI UOMINI BASTERANNO PER CONTROLLARE LA SITUAZIONE, E GLI ALTRI FARANNO BENE A RIPOSARE. CHIARO?... E ADESSO AL LAVORO, GENTE! IO E I MIEI PARDS ANDREMO INTANTO A FARE L'ULTIMO GIRETTO QUI INTORNO.

QUASI NELLO STESSO ISTANTE...

UNA GROSSA CAROVANA!

E SARÀ MENO FACILE DA PRENDERE DI QUANTO ABBIANO DETTO GLI ALTRI ESPLORATORI.

SE POTESSIMO PENETRARVI DI SORPRESA...

GUARDA!... QUATTRO CANI BIANCHI STANNO USCENDO.

NO!... TRE CANI BIANCHI E UN RINNEGATO ROSSO.

UGH!... I LORO SCALPI STAREBBERO MOLTO BENE APPESI ALLE NOSTRE CINTURE!

291

SICURO?

HAI MAI VISTO DELL'ERBA CHE MANDI BAGLIORI METALLICI?

OCCHIO D'AQUILA, ALLORA.

E' STATO UN PURO CASO. IL TIZIO APPIATTATO LA' SO-PRA DEVE AVER MOSSO IL FUCILE, E LA CANNA HA RIFLESSO I RAGGI DEL SOLE.

OCCHIO D'AQUILA E UNA DANNATA FORTUNA, AGGIUNGO, POICHE' IL SOLE STA GIUSTO PER ANDARSENE ADESSO.

FORTUNA PER NOI E JELLA PER IL PICCIONE CHE E' LASSU'.

CHE SI FA?

CONTINUIAMO TRANQUILLAMEN-TE COME SE NON CI FOSSIMO AC-CORTI DI NIENTE.

POI, APPENA A TIRO DI FUCILE, CI SEPARIAMO IN DUE GRUPPI E FAC-CIAMO IL GIRO DELLA COLLINA.

?!

E SE CI TROVIAMO UN BEL MUCCHIO DI TAGLIAGOLE?

LEVATELO DALLA TESTA!... VEDRAI CHE SARANNO AL MASSIMO IN DUE O TRE.

I CHEYENNES DEVONO AVER DECISO DI ATTACCARCI, E QUELLI CHE HANNO MANDATO AVANTI NON SONO CHE I SOLITI ESPLORATORI.

PA' HA RAGIONE, ZIO KIT!... NON POSSONO ESSERE IN MOLTI!

CORAGGIO, ALLORA.... VUOL DIRE CHE SE AVRETE SBAGLIATO VOI, CI RITROVEREMO PRESTO TUTTI QUANTI A SPALAR CARBONE ALL'INFERNO.

EHI, MENAGRAMO!... HAI DIMENTICATO CHE TU E IO ABBIAMO NELLE SACCHE ALCUNE SIMPATICHE CARTUCCE DI DINAMITE?

PER GIOVE!... ME NE ERO PROPRIO SCORDATO!... UN ATTIMO DI SOSTA, ALLORA, PER ACCENDERCI I SIGARI.

INTANTO...

CONTINUANO A VENIRE AVANTI E...NO!... SI FERMANO!

E SONO ANCORA TROPPO LONTANI DAI NOSTRI FUCILI...

296

297

AH!

ZING

POCO DOPO...

IMMAGINO FACCIATE PARTE DELLA BANDA DI KENTO!

NON PARLERANNO, TEX!...

UHM!... SE SONO ANCHE LORO COME QUEL TANGHERO CHE ABBIAMO SORPRESO INTORNO AL CAMPO DEI QUACCHERI, C'E' PROPRIO DA SCOMMETTERCI.

CHE NE FACCIAMO?

LI MOLLIAMO! TIPI COSI' NON VAL NEANCHE LA PENA DI PRENDERLI A CALCI.

PORTEREMO VIA I MUSTANGS E, IN QUANTO A LORO, LASCEREMO CHE VADANO A VERSARE LA LORO RABBIA NELLE ORECCHIE DEGLI ALTRI CANI CHEYENNES.

MALEDETTO!

KENTO AVRA' LE VOSTRE CAPIGLIATURE, CANI BIANCHI.

TOH!...A QUANTO PARE HANNO DECISO DI SCIOGLIERE LA LINGUA!

PERCHE' NON CE LI PORTIAMO AL CAMPO?

FORSE, MESSI A SEDERE SU UN BEL MUCCHIETTO DI TIZZONI, POTREBBERO RACCONTARCI QUALCOSA DI INTERESSANTE.

NO!

SAREBBE SOLTANTO TEMPO PERSO! MEGLIO FARE COME HO DETTO IO.

COME VUOI.

SENTITO, COPPIA DI VECCHIE SQUAW?

SGOMBRARE!

SENZA UNA PAROLA, MA CON OCCHI SPRIZZANTI ODIO E FURORE, I DUE PELLIROSSE FISSANO PER QUALCHE ATTIMO I LORO AVVERSARI, POI, VOLTATISI, SI ALLONTANANO DI BUON PASSO...

E CHE IL DIAVOLO VI PORTI!

ANDIAMOCENE ANCHE NOI!... ORMAI SAPPIAMO COME STANNO LE COSE.

SI FARANNO DI SICURO VIVI QUESTA NOTTE.

CI SI PUO' SCOMMETTERE.

PERO' NON ATTACCHERANNO CHE ALL'ALBA, E IN QUANTO AI QUATTRO GATTI CHE VORRANNO AVVICINARSI ALL'ACCAMPAMENTO PER ROMPERCI GLI STIVALI, VEDREMO DI CONVINCERLI A NON INSISTERE TROPPO.

E SARA' UNO SPASSO!

DIECI MINUTI DOPO, TEX E I SUOI SONO DI RITORNO AL CAMPO...

EHI, DOVE LI AVETE PESCATI, QUEI DUE CAVALLI?

DIETRO UNA DELLE ALTURE A NORD DELLA PISTA. GENTILE OMAGGIO DI DUE CHEYENNES CHE, SAPENDOCI A CORTO DI BESTIE, CI HANNO PREGATO DI PORTARLI QUI.

PER TUTTI I DIAVOLI! AVETE INCONTRATO GLI INDIANI?

PIÙ CHE INCONTRATI, CE LI SIAMO TROVATI FRA I PIEDI.

DOVEVANO ESSERE ESPLORATORI MANDATI A SPIARE LA CAROVANA, E QUESTO CONFERMA LE MIE PREVISIONI...

ATTACCHERANNO PRESTO, VERO?

DALL'ALBA DI DOMANI IN POI, TUTTI I MOMENTI SARANNO BUONI.

BEH, VENGANO PURE!

SIAMO TUTTI PRONTI, ORMAI, E CON L'AIUTO DEL CIELO, DAREMO A QUEI SELVAGGI IL GIUSTO PANE PER I LORO DENTI.

MOLTO BENE.

IL BUIO DELLA SERA CALA PRESTO SULLA CAROVANA, E SOLO I NUMEROSI FUOCHI ACCESI ALL'ESTERNO DEL CERCHIO DEI CARRI NE SEGNANO LA POSIZIONE NELLA VASTA PIANURA. SEGUENDO I CONSIGLI DI TEX, QUASI TUTTI GLI UOMINI VANNO A RIPOSARE...

301

...MENTRE I QUATTRO PARDS, POCO PRIMA DI MEZZANOTTE, SI ACCINGONO A COMPIERE UN GIRO DI RONDA.

SICURO CHE NON SIA UN ERRORE?

L'ERRORE LO COMMETTERANNO I CHEYENNES SE DECIDERANNO DI FARSI VIVI.

IN OGNI CASO, CHE NESSUNO SI PREOCCUPI SE CI SARA' DEL BACCANO, E SE PROPRIO VOLETE RENDERVI UTILI, TENETECI PRONTO DEL CAFFE' CALDO PER QUANDO TORNEREMO.

E SENZA ATTENDERE RISPOSTA, TEX E GLI ALTRI STRISCIANO FUORI DEL CAMPO, CONFONDENDOSI IN BREVE NELL'OSCURITA'.

BEL FEGATO, QUEI QUATTRO.

PUOI DIRLO FORTE, ROCKY.

CONTEMPORANEAMENTE...

UGH!... MOLTI CARRI E MOLTI FUOCHI.

E MOLTO BOTTINO A PORTATA DI MANO.

CI ACCAMPIAMO QUI?

SI!... E CHE UNA DECINA DI GUERRIERI VADANO A FAR SENTIRE AI CANI BIANCHI IL CANTO DELLA MORTE CHE LI ATTENDE.

302

YAAHAAAHH!!! YAAHEE!

EHI!...

HO SENTITO!... SONO ARRIVATI E STANNO PER COMINCIARE LA SERENATA.

YAAHAHEEEHIIIIIIIII!!! YIII-YIII-YIIIIAAAHIII!

SEMBRANO PIUTTOSTO ALLEGROTTI!

COME TOPI CHE ABBIANO SENTITO L'ODORE DEL FORMAGGIO.

IL GUAIO, PER QUEI MATTACCHIONI, E' CHE FRA LORO E IL FORMAGGIO CI SONO QUATTRO BRUTTI GATTACCI.

ATTENTI!...

GRAN MANITO!... INDIETRO!
BANG
BANG
YAAHAHHH!!!!!!!!
CAMBIA-NO ARIA!
TANTI AUGURI E ARRIVEDER-CI A DO-MANI!
PER QUESTA NOTTE NON SI ARRI-SCHIERANNO PIU' AD AVVICINAR-SI ALL'ACCAMPAMENTO.
SI TORNA INDIETRO?
NON C'E' ALTRO DA FARE, ORMAI.
HAI RAGIONE. VAMOS!

PER TUTTA LA NOTTE, INFATTI, I CHEYENNES SI LIMITANO A MOLESTARE LA CAROVANA CON URLA SELVAGGE E QUALCHE SPARO ISOLATO, SENZA PERÒ MAI ACCOSTARSI TROPPO AL CERCHIO DEI CARRI, MA, POCO PRIMA DELL'ALBA...

CHE STRANO SILENZIO!... CHE SE NE SIANO ANDATI?

AL CONTRARIO, ROCKY!... QUESTA IMPROVVISA CALMA È IL SEGNO SICURO CHE STANNO PER VENIRCI ADDOSSO.

TENETEVI TUTTI PRONTI, GENTE, MA ASPETTATE A SPARARE! IL CONCERTO LO APRIREMO IO E I MIEI PARDS, E VOI TIRATE SOLO QUANDO SARANNO A UNA CINQUANTINA DI METRI. *E NON PERDETE LA CALMA!... INTESI?...*

FAREMO DEL NOSTRO MEGLIO, WILLER!

BUENO!... COMINCIATE A PRENDERE POSIZIONE, ALLORA, E NON DIMENTICATE CHE...

ECCOLI!

UGH!... GRANDE CAROVANA!

ATTACCHIAMO?

NON ORA. QUANDO IL SOLE SARÀ PIÙ ALTO ALLE NOSTRE SPALLE.

MA CHE ASPETTANO?

CHE IL SOLE SI ALZI ANCORA UN POCO... COSÌ NOI LO AVREMO NEGLI OCCHI.

UMH!... SELVAGGI, MA FURBI COME IL DIAVOLO, QUESTI CHEYENNES!...

IN FATTO DI STRATEGIA POSSONO DARE DEI PUNTI A PARECCHI MILITARI.

BEH, ORA CHE SAPPIAMO DA CHE PARTE E COME ATTACCHERANNO, CHE NE DICI DI MANDARE TIGER A SISTEMARE I NOSTRI BIGLIETTI DA VISITA?

SAGGIA IDEA!

HAI SENTITO, TIGER?

CERTO!...VA BENE A CINQUANTA PASSI?

LA DISTANZA GIU-
STA, FRATELLO.

BUENO!

VENGO
ANCH'IO
CON TE.

UN PAIO DI MINUTI DOPO, I DUE ESCONO COR-
RENDO DAL CERCHIO DEI CARRI, PORTANDO
CON LORO ALCUNI INVOLTI...

... E, DOPO AVERLI DEPOSTI A UNA CINQUANTINA CIRCA DI PASSI, AL LIMITE DOVE IL
GIORNO PRECEDENTE E' STATA TAGLIATA L'ERBA TUTTO INTORNO AL CAMPO, SI
AFFRETTANO A TORNARE INDIETRO.

SVELTO!...STANNO
MUOVENDOSI!

VENGA-
NO PURE,
ADESSO...

YAAAHıııı!

YıııııEEEEHıııı-Hıııı

Hıııı!

310

SAPESSERO COSA LI ASPETTA, NON STRILLEREBBERO IN QUESTO MODO.

TANTO MEGLIO, NO?

YAHIII-HIIIIEEHIIIIII!

GIUSTO IN TEMPO, EH?!

COSÌ PARE!

ALLEGRO, ROCKY! LA FESTA STA PER COMINCIARE.

UHM! UN DIAVOLO DI FESTA, ACCIDENTI!

YAAAHAAAHEEIIIIII!

BANG BANG

313

HIIII-HIIII   BANG

HIIII-HIIII

YAAHAHAAA

TIGER!... KIT!... FUORI CON I LASSOS E CERCATE DI PRENDERE PIU' CAVALLI CHE POTETE. CARSON E IO VI COPRIAMO!

BUENO!

POCHI MINUTI DOPO, I QUATTRO PARDS ESCONO AL GALOPPO DALL'ACCAMPA-MENTO...

...E IL LORO ESEMPIO E' PRESTO SE-GUITO DA ALTRI.

FUORI!... FUORI!

EHI!... HAI VISTO? ABBIAMO UNA BELLA SCORTA!

TANTO MEGLIO!... COSÌ I CHEYENNES SI GUARDERANNO BENE DAL TORNARCI FRA I PIEDI!

INFATTI...

WOAH!... SONO USCITI DAI CARRI!

LI ATTACCHIAMO?

NO!... ABBIAMO PERSO TROPPI GUERRIERI, E LORO HANNO ANCHE ARMI PIÙ POTENTI DEI NOSTRI FUCILI.

CERCHEREMO INVECE VENDETTA LÀ DOVE L'ALTRO COMPLICE DEI COYOTES BIANCHI HA LA CASA PIENA DI RICCHE PREDE.

?!   ?!

DAL VISO PALLIDO HARFORT?

SÌ!... DOBBIAMO ANDARE ALLA VECCHIA MISSIONE SPAGNOLA.

POTREMO FACILMENTE PRENDERE UN GROSSO BOTTINO E, DOPO AVER DISTRUTTO QUEL COVO DI SERPENTI, STUDIEREMO UN PIANO PER TENDERE UN NUOVO AGGUATO ALLA CAROVANA.

VIA!

YAAHH!!!!!

YAAAEEH!!!!!

SBAGLIO O SE NE STANNO ANDANDO DAVVERO?

PROPRIO COSÌ, VECCHIO MIO!

NON DEVONO AVER GRADITO IL GENERE DI CONCERTO CHE ABBIAMO SUONATO IN LORO ONORE, E SI RITIRANO A LECCARSI LE FERITE NEI LORO COVILI.

TROPPO BELLO PER ESSERE VERO, SE MOLLANO L'OSSO COSÌ FACILMENTE.

NON HO DETTO CHE SE NE SIANO ANDATI PER SEMPRE.

HANNO AVUTO UNA BRUTTA SCOSSA NEL VEDERSI ESPLODERE IN FACCIA QUELLE CARICHE DI DINAMITE, E FORSE HANNO TEMUTO DI INCAPPARE IN QUALCHE ALTRA POCO PIACEVOLE SORPRESA...

...PERÒ, APPENA PASSATO LO SPAVENTO, NELLE LORO TESTACCE COMINCERÀ A COVARE LA RABBIA, ED È FACILE PREVEDERE CHE TENTERANNO, PRIMA O POI DI PRENDERSI LA RIVINCITA.

BRUTTI BASTARDI!...CI RENDERANNO LA VITA DURA, DATA LA FORZATA LENTEZZA DELLA NOSTRA MARCIA.

LO SO!

E OLTRE ALLO SVANTAGGIO DI NON POTER PROCEDERE NORMALMENTE, C'È ANCHE UN ALTRO PERICOLO DA TENER PRESENTE...

E CIOÈ?

CHE LA BANDA DI KENTO STRINGA ALLEANZA CON QUALCHE ALTRO GRUPPO DI PREDONI PER SALTARCI ADDOSSO TUTTI INSIEME.

PROPRIO UN'ALLEGRA PROSPETTIVA, ACCIDENTI!

GIÀ!

SE POTESSIMO PROCURARCI I CAVALLI NECESSARI...

STAVO GIUSTO PENSANDO A QUESTO.

CHE NE DIRESTI DI FARE UNA BELLA GALOPPATA FINO ALLA VECCHIA MISSIONE?

CIELO! DA QUELL'HARPORT?

E CHI ALTRI SE NON LUI SAREBBE IN GRADO DI DARCI CIÒ DI CUI ABBIAMO COSÌ BISOGNO?

QUELLO CI SPARA IN FACCIA, ALTRO CHE DARCI I CAVALLI!

321

DOPPIO ERRORE, VECCHIO MIO!... INNANZI-TUTTO NON GLI LASCEREMO NEMMENO IL TEMPO DI CAPIRE QUALI SIANO LE MIE INTENZIONI.

?!

E, IN SECONDO LUOGO, NON SARÀ LUI A CONSEGNARCI I CAVALLI MA NOI CHE GLIELI PRENDE-REMO.

UHM!

COME RANGER HAI SPESSO LASCIATO A DESIDERARE, VISTI CERTI TUOI SISTEMI DEL TUTTO PERSONALI, MA COME LADRONE SARESTI STATO SICURA-MENTE UN FENOMENO.

PROBABILE!... E IN TAL CASO AVREI FORSE FINITO PER DIVENTARE ANCH'IO UNO DEI TANTI PEZZI GROSSI CHE FANNO IL BRUTTO E IL BEL TEMPO NEL NO-STRO PAESE.

WILLER!... CREDETE CHE TORNE-RANNO?

I CHEYENNES?!... NON TANTO PRESTO, ROCKY... HANNO PRESO UNA BELLA STRI-GLIATA, E SONO CERTO CHE PASSERAN-NO PARECCHI GIORNI PRIMA CHE SI AZZARDINO A RIFARSI VIVI.

POSSIAMO ALLORA COMINCIARE A MUOVERCI ?...

DIREI DI SI'!

VEDO CHE I MIEI PARDS STANNO TORNANDO CON DEI CAVALLI E, CALCOLANDO ANCHE QUELLI CHE I QUACCHERI POTRANNO PRESTARVI, PENSO CHE LA CAROVANA POSSA RIMETTERSI IN VIAGGIO.

SARA' NECESSARIAMENTE UNA MARCIA MOLTO LENTA, MA QUEL CHE CONTA E' USCIRE AL PIU' PRESTO DA QUESTA ZONA.

A UNA VENTINA DI MIGLIA DA QUI CI SONO LE ALTURE DI INDIAN SPRING E LA', OLTRE A UN POSTO FACILMENTE DIFENDIBILE, TROVERETE ANCHE UNA BUONA SORGENTE D'ACQUA.

COME VI HO DETTO PRIMA, SONO DEL PARERE CHE I CHEYENNES NON RITENTERANNO UN ATTACCO PRIMA DI QUALCHE GIORNO, PERO', SE AVESSERO NEL FRATTEMPO RICEVUTO RINFORZI, POTREMMO ESSERE COSTRETTI A SOSTENERE UN LUNGO ASSEDIO E, SE CIO' SI VERIFICASSE QUI, NON AVREMMO SCAMPO.

DOVE SIAMO ACCAMPATI ADESSO E' UN POSTO BUONO SOLTANTO PER MORIRCI DI SETE.

NON DITE ALTRO, WILLER!... IN MENO DI UN'ORA TUTTI I CARRI SARANNO GIA' IN MARCIA.

MOLTO BENE.

CIRCA UN'ORA DOPO, INFATTI, LA CAROVANA RIPRENDE A MUOVERSI, MA APPARE PRESTO EVIDENTE CHE, DATA LA SCARSITA' DI ANIMALI DA TIRO, SI DOVRANNO FARE FREQUENTI E LUNGHE SOSTE, E TEX PRENDE UNA DECISIONE.

SPIACENTE, KIT, MA SARA' PROPRIO NECESSARIO METTERE IN ATTO LA MIA IDEA.

QUELLA DI ANDARE DA HARPORT?

ESATTO!... E PRIMA LO FACCIAMO, MEGLIO E' PER TUTTI!

QUESTA NON E' UNA CAROVANA IN MARCIA, MA UNA SPECIE DI CORTEO FUNEBRE, E CORRIAMO IL RISCHIO DI IMBATTERCI IN BRUTTE SORPRESE PRIMA ANCORA DI AVERE IL TEMPO DI ARRIVARE A INDIAN SPRING.

E A QUELLI LAGGIU' CHI INTENDE-
RESTI LASCIARE COME
GUIDA ?

TIGER!

SONO SICURO CHE NON AVRA' DIFFICOLTA'
A CONDURRE I CARRI SINO ALLA SOR-
GENTE FRA LE ALTURE, E ROCKY GLI
DARA' CERTAMENTE UNA MANO A TE-
NERE IN RIGA LA GENTE.

BEH, NE DISCUTEREMO
ALLA PROSSIMA SOSTA.

E QUALCHE ORA DOPO...

ROCKY! RADUNA I CAPIFAMIGLIA
E FAI CHE SIANO QUI FRA MEZ-
Z'ORA AL MASSIMO.

GUAI?

NO!...MA HO PRESO UNA CERTA
DECISIONE, E VOGLIO CHE TUTTI
LA SENTANO. IO INTANTO VADO
A FAR DUE CHIACCHIERE CON
QUEL BRAVUOMO DI
CLAYTON.

TIGER!... KIT!... VENITE
ANCHE VOI!...

E' SUCCESSO QUALCOSA?

NIENTE DI STRAORDINARIO, RAGAZZO MIO!

TUO PADRE HA DECISO DI ANDARE DA HARPORT PER RIPULIRGLI IL MAGAZZINO E IL CORRAL. TUTTO QUI.

BEH, MI SEMBRA UNA BUONA IDEA, NO?

OTTIMA!... HO OSSERVATO I CAVALLI, E POSSO GARANTIRVI CHE ALTRI DUE O TRE GIORNI DI FATICHE COME QUELLA DI OGGI LI RIDURRANNO IN PESSIME CONDIZIONI.

SONO TROPPO POCHI IN RELAZIONE AL CARICO CHE DEVONO TIRARE.

D'ACCORDO. PERO', DAL PUNTO DI VISTA DELLA LEGGE...

STORIE! RUBARE A UN LADRO NON E' UN FURTO, MA UN' OPERA DI BENE.

TUTTO A POSTO?

SI', SIGNOR WILLER!... HA SMESSO PERFINO DI IMPRECARE.

SPLENDIDO!... TIRALO GIU' DAL CARRO E LEGALO A UNA RUOTA. GLI DOBBIAMO FARE UN BEL DISCORSETTO.

?!

A BASE DI FRUSTATE?

STAVOLTA NO. SEMPRE AMMESSO CHE DIA PROVA DI BUON SENSO.

?!

E POCHI MINUTI DOPO...

HA MOLTI UOMINI HARPORT?

UNA DECINA CIRCA.

GENTE IN GAMBA?

QUANTO BASTA PER TENERVI A BADA, NEL CASO AVESTE IN MENTE DI ANDARE A DARGLI FASTIDIO.

OLTRE A QUESTO, I MURI DELLA VECCHIA MISSIONE SONO SPESSI E SOLIDI, WILLER. E CON PORTE DIFFICILI DA SFONDARE.

UN VERO OSSO DURO, EH?

PROVATE A MORDERLO E VI RITROVERETE CON LA BOCCA PIENA DI DENTI ROTTI.

QUALCOSA IN CONTRARIO A REDIMERE UNA PARTE DEI TUOI PECCATI VENENDO, PER ESEMPIO, CON NOI PER ADDOMESTICARE IL TUO COMPARE?

?!

CHE CI GUADA-GNO?

UNA MOLTO CONVINCENTE PAROLINA NELLE ORECCHIE DEL GIUDICE, AL MOMENTO DEL PROCESSO CONTRO GOLDFIELD.

DATEMI UN CAVALLO E LA VOSTRA PRO-MESSA DI LASCIARMI POI LIBERO, E IO VI CONDUCO DA HARPORT E VI METTO IN CONDIZIONI DI POTER PRENDERE DI SOR-PRESA LUI E UNA BUONA PARTE DEI SUOI.

NIENTE DA FARE, CLAYTON. SEI UN TESTIMONE TROPPO IMPORTANTE, PER LASCIARTI ANDARE.

E ALLORA SBRI-GATEVELA DA SOLO, MISTER. E TANTI AUGU-RI.

IO E GOLDFIELD FINIREMO A SPACCAR PIETRE IN QUALCHE PENITENZIARIO, MA VOI E I VO-STRI AMICI SCHIZZERETE PRO-BABILMENTE IN UN POSTO BEN PEGGIORE, SE TENTE-RETE DI ATTACCARE HARPORT.

PROPRIO SICURO?

VOI PROVATECI, E POI MI SAPRETE DIRE COM'E' ANDATA, QUANDO RITORNERETE. SEMPRE AMMESSO CHE TORNIATE.

PREVISIONI ALLEGRE, EH ?!... BUENO !... SE LA COSA TI DIVERTE, SOGNACI PURE TUTTI QUANTI SOTTOTERRA, MA ATTENTO AL RISVEGLIO.

DIECI A UNO CHE, QUANDO RIAPRIRAI GLI OCCHI, CI VEDRAI ARRIVARE CON UNA BELLA MANDRIA DI CAVALLI E FORSE ANCHE CON LA PELLE DEL TUO COMPARE.

CINQUE MINUTI DOPO, LASCIATO CLAYTON IN CUSTODIA ALL'UOMO DI GUARDIA, TEX SPIEGA IL SUO PIANO A ROCKY E AGLI ALTRI...

CHE SIA RISCHIOSO, SONO D'ACCORDO CON VOI, PERO' NON VI SONO ALTERNATIVE.

IL MIO PARD, TIGER, VI PORTERA' A INDIAN SPRING IN DUE O TRE GIORNI, E TUTTO QUELLO CHE CHIEDO A VOI E' UN PAIO DI VOLONTARI CHE SAPPIANO MANEGGIARE COME SI DEVE UN WINCHESTER.

VENGO IO, WILLER!

E CONTATE ANCHE SU DI ME, PER GIOVE!

329

IL SIGNOR WILLER HA RAGIONE, FRATELLO ELIA.

CHE L'ONNIPOTENTE PROTEGGA IL GIUSTO, ALLORA, E ABBIA PIETA' DEL PECCATORE.

UN'ORA DOPO, CONSUMATA UNA FRUGALE COLAZIONE E PRESE CON LORO PROVVISTE E MUNIZIONI, TEX E I SUOI COMPAGNI SI LASCIANO ALLE SPALLE LA CAROVANA...

...BEN LONTANI DALL' IMMAGINARE DI ESSERE PRECEDUTI DAI CHEYENNES DEL FURIBONDO KENTO, CHE NON VEDE L'ORA DI SFOGARE LA SUA RABBIA SUGLI EX-COMPLICI.

PER MANITO!... PORTEREMO VIA TUTTO E RADEREMO AL SUOLO QUEL COVO DI COYOTES.

INTENDI ATTACCARE DI SORPRESA?

NATURALMENTE!... E' IL SOLO MODO PER SCHIACCIARE LE TESTE DI QUEI SERPENTI SENZA CORRERE IL RISCHIO DI ESSERNE MORSICATI!

UGH!

MA I CHEYENNES HANNO FATTO I CONTI SENZA PENSARE ALLA INNATA DIFFIDENZA DEGLI SCAGNOZZI DI HARPORT. INFATTI, ALLORCHE' I GUERRIERI DI KENTO GIUNGONO A UN PAIO DI MIGLIA DAL POSTO COMMERCIALE...

EHI!... DAI UN'OCCHIATA ANCHE TU!

?!

DONG DONG DONG

EHI, VOI TRE!... SVELTI!

COSA STA SUCCEDENDO?

PRIMA ENTRA, E POI TE LO DICO.

E ALLORA?

MONTA SUL MURO E AGUZZA GLI OCCHIETTI IN DIREZIONE DELLA PISTA SUD.

STANNO ARRIVANDO DEI CLIENTI CHE IL NOSTRO HARPORT HA POCA VOGLIA DI RICEVERE.

NELLO STESSO MOMENTO...

WOAH!... HANNO CHIUSO LA PORTA!

IL CHE NON LI SALVERA' DALLA FURIA DEI CHEYENNES!

ANCHE SE NON POTREMO PRENDERLI CON L'ASTUZIA, ESSI CADRANNO PRESTO SOTTO I NOSTRI COLPI, E LE LORO CAPIGLIATURE PENDE-RANNO DALLE NOSTRE CINTURE PRIMA CHE IL SOLE TRAMONTI DUE VOLTE.

INTANTO... PROBABILMENTE HANNO SOLO IN TESTA DI SCROCCARCI UN PO' DI WHISKY E DI MUNIZIONI, PERÒ È SEMPRE MEGLIO STARE IN GUARDIA.

FORSE CI POR-TANO NOTIZIE DI CLAYTON.

COSÌ IN TANTI?... NO!... FOSSERO LATORI DI MES-SAGGI, SAREBBERO VENU-TI IN DUE O TRE AL MASSIMO.

HARPORT!..., SI SONO FERMATI A UNA CINQUANTINA DI PASSI E KENTO SI STA FACENDO AVANTI DA SOLO!

!?!

VENGO SUBITO!

Panel 1: E VOI SEGUITEMI E PRENDETE POSIZIONE, MA NON SPARATE CHE QUANDO VE LO DIRÒ IO. CHIARO?

Panel 2: E POCO DOPO... SALVE, KENTO!

Panel 3: WOAH!... IL CAPO CHEYENNE VIENE DA AMICO PER PARLARE CON HARPORT, MA VEDE CON DISPIACERE CHE LA PORTA È STATA CHIUSA IN FACCIA AI FRATELLI ROSSI.

LASCIA PERDERE LE FRATELLANZE, KENTO, E DIMMI INVECE COSA VUOI.

Panel 4: UGH!... I CHEYENNES ATTACCHERANNO PRESTO UNA GRANDE CAROVANA, MA HANNO BISOGNO DI MOLTE MUNIZIONI.

Panel 5: HAI DIMENTICATO LE VECCHIE REGOLE?... TU PORTI CAVALLI E RICEVI WHISKY E MUNIZIONI.

336

KENTO NON HA DIMENTICATO, MA ORA NON HA PALLOTTOLE PER I SUOI FUCILI, E SE NON LE AVRÀ DAI FRATELLI BIANCHI, NON POTRÀ PRENDERE I CAVALLI.

GLI VENGA UN ACCIDENTE!... È LA PRIMA VOLTA CHE SUCCEDE UNO SCHERZO DEL GENERE.

NON FIDATEVI, HARPORT!

NON SO PERCHÉ, MA MI È VENUTA L'IDEA CHE QUEI BASTARDI ABBIANO IN MENTE DI GIUOCARCI UN BRUTTO TIRO.

STESSA IDEA, RICK. E LA STORIA CHE SONO SENZA MUNIZIONI PUZZA DI MARCIO.

VA BENE, KENTO!... PER QUESTA VOLTA AVRAI CIÒ CHE CHIEDI, MA ALLE MIE CONDIZIONI.

PERMETTERÒ DI ENTRARE SOLO A TE E A DUE DEI TUOI GUERRIERI, E DOVRETE LASCIARE CAVALLI E ARMI FUORI DALLA PORTA.

GLI ALTRI RESTERANNO DOVE SONO, E NON SI MUOVERANNO SE NON AL MOMENTO DI RIPARTIRE. D'ACCORDO?

337

MANCATO, ACCIDENTI!

NON SPRECARE ALTRO PIOMBO!

E LO STESSO VALE ANCHE PER VOIALTRI!...TIRATE SOLO A COLPO SICURO!

INTANTO...

LE PAROLE DI KENTO HANNO AVUTO IN RISPOSTA IL TUONO DI UN FUCILE.

E QUEL TUONO AVRÀ ORA IN RISPOSTA IL GRIDO DI GUERRA DEI VALOROSI CHEYENNES!

AVANTI!... YAAAHHIIIII!

YAAAHHIIIII!

YAAAHHIIIII!

AH!

MALEDETTI VERMI!

BANG

ORA CI GIRANO INTORNO PER RENDER PIU' DIFFICILE IL NOSTRO TIRO...

E NIENTE DI PIU' PROBABILE CHE QUALCUNO DI LORO TENTI DI SCAVALCARE IL MURO DALL'ALTRA PARTE.

BANG

VIA TUTTI!... CI DIFENDEREMO MEGLIO NELLA CASA!

BANG BANG BANG

PRESTO!... GIÙ TUTTI!...

DOBBIAMO EVITARE IL RISCHIO DI ESSER PRESI ALLE SPALLE.

SVELTI!... SVELTI!

IN POCHI ISTANTI GLI UOMINI DI HARPORT RAGGIUNGONO IL VECCHIO EDIFICIO, I CUI MURI OFFRONO UN PIÙ SICURO RIPARO E KENTO, APPENA RESOSI CONTO DELLA MANOVRA, GUIDA SUBITO I SUOI ALL'ATTACCO DELL'ENTRATA DEL TRADING POST.

AVANTI!!!

YAAHAAHEHIIII!

E POCO DOPO...

TUM TUM

TUM TUM

PRONTI A FAR FUOCO!... STA PER CEDERE!

MA KENTO NON E' TANTO INGENUO DA ESPORSI A CERTE ACCOGLIENZE.

A CAVALLO!... E DUE DI VOI SI TENGANO PRONTI AD APRIRE DEL TUTTO LA PORTA.

...ED E' COSI' CHE, POCO DOPO...

YAAHAH!!!

YAAH!!!!

BANG   BANG

BANG

BANG

BANG   YAAHEEH!!!

BANG

AHH!

BANG

AL RIPARO!... TUTTI AL RIPARO!

BANG

SE NE VANNO!

NO!... STANNO SOLO METTENDOSI FUORI TIRO!... BARRICATE BENE PORTE E FINESTRE!

PRENDEREMO POSIZIONE AL PIANO DI SOPRA, E COSÌ POTREMO CONTROLLARE MEGLIO I MOVIMENTI DI QUEI VERMI!

PASSA LA PAROLA AGLI ALTRI. I CANI BIANCHI STANNO ANDANDO NELLA PARTE ALTA DELLA CASA. TENETE D'OCCHIO LE FINESTRE, INTANTO.

POI, APPENA SARÀ BUIO, USEREMO IL FUOCO PER STANARLI.

UGH!

NELLO STESSO MOMENTO, CIRCA QUINDICI MIGLIA PIÙ A SUD...

SÌ!... NON CI SONO DUBBI!

SI TRATTA DI GUERRIERI DI KENTO!... ED È CHIARO CHE STANNO DIRIGENDOSI VERSO LA MESA DI PIUTES.

FORSE AVEVANO IN MENTE DI AVVERTIRE QUELL'HARPORT E MAGARI OTTENERE DEI RINFORZI.

SBAGLIERÒ, MA LA MIA IDEA È CHE ABBIANO BEN ALTRE INTENZIONI.

OSSIA?

CERTO COM'È DI ESSERE STATO TRADITO DAI SUOI EX-COMPLICI, KENTO VORRÀ SICURAMENTE RIFARSI A SPESE DEL DEPOSITO DI HARPORT...

...E MI SENTO DI SCOMMETTERE QUALSIASI COSA CHE IN QUESTO MOMENTO I BRAVI CHEYENNES STANNO DANDOSI DA FARE PER ARRICCHIRE LA LORO COLLEZIONE DI CAPIGLIATURE.

SE E' COSI', IL NOSTRO COMPITO DI PROCURARCI CAVALLI A SPESE DI HARPORT RISULTERA' MOLTO MENO FACILE DEL PREVISTO.

QUESTO E' ANCORA DA VEDERSI, VECCHIO MIO. E COMUNQUE NON DIMENTICARE DUE FATTORI IMPORTANTI CHE GIUOCHERANNO IN NOSTRO FAVORE.

LA SORPRESA E LA DECINA DI CARTUCCE DI DINAMITE CHE CI SONO RIMASTE.

UHM! SPERIAMO CHE FUNZIONINO!

FUNZIONERANNO, VECCHIO MIO! TUTTO STA NEL TENERE GLI OCCHI BEN APERTI, DA QUI IN AVANTI, E NELL'ARRIVARE AL DEPOSITO DI HARPORT AL MOMENTO MIGLIORE. VAMOS!

AVANZANDO DISTANZIATI GLI UNI DAGLI ALTRI, IN MODO DA POTER CONTROLLARE UN LARGO TRATTO DI PISTA ED EVITARE COSI' BRUTTE SORPRESE, I CINQUE UOMINI PROSEGUONO VERSO LA MESA DEI PIUTES...

...ED E' CARSON CHE, POCO DOPO IL TRAMONTO, AVVISTA PER PRIMO, PROPRIO IN DIREZIONE DELLA MESA, LA COLONNA DI FUMO CHE SI INNALZA ALL'ORIZZONTE.

CHE IO SIA DANNATO! GRAN BRUTTO SEGNO, QUELLO!

CI SIAMO!... IL VECCHIO KIT HA VISTO QUALCOSA...

IN POCHI MINUTI, IL GRUPPO E' RIUNITO SULLA CIMA DI UN'ALTURA, E LA DECISIONE DI TEX E' PRESTO PRESA.

FAREMO UNA BREVE SOSTA PER LASCIAR RIPOSARE I CAVALLI, POI ANDREMO DRITTI ALLA VECCHIA MISSIONE.

PROBABILMENTE NON ARRIVEREMO IN TEMPO A SALVARE LA PELLE AD HARPORT E ALLA SUA GENTE, PERO' CAPITEREMO NEL MOMENTO MIGLIORE PER DARE UNA STRIGLIATA CON I FIOCCHI AI CHEYENNES E A TOGLIER LORO DI MANO IL BESTIAME CHE AVRANNO RAZZIATO.

SEMPRE AMMESSO CHE NON SE NE SIANO GIA' ANDATI.

PUOI ESCLUDERLO!... DATA L'ORA, KENTO E I SUOI TAGLIAGOLE SI FERMERANNO SICURAMENTE INTORNO A QUEL CHE SARA' RIMASTO DEL DEPOSITO, SIA PER FAR FIESTA CON IL WHISKY TROVATO, SIA PER RIPOSARSI...

...E SONO PRONTO A SCOMMETTERE TUTTO QUELLO CHE VUOI CHE LA NOSTRA SORPRESA SARA' TALE DA LASCIARLI SENZA FIATO!

UHM! SPERIAMOLO!

SEMPRE OTTIMISTA, EH, ZIO KIT?

QUANDO SI VIAGGIA CON TUO PADRE, SI HA SEMPRE IL DIRITTO DI PREVEDERE CHE SI POSSA ANDARE A SBATTERE CONTRO QUALCHE GUAIO!

Frattanto, alla vecchia missione...

BANG BANG

NON ESPORTI, IDIOTA!

ZIP

A OCCHIO E CROCE NON NE SONO RIMASTI CHE UNA DECINA, E A NOI BASTA CONTROLLARE CHE NON APPICCHINO IL FUOCO DA QUALCHE ALTRA PARTE.

E SE LA PORTA CEDE?

PRIMA O POI CEDERA' DI SICURO, MA A DARE IL BENVENUTO AI CHEYENNES CI SONO GIU' SANDERS E BOND CON I LORO SHARPS...*

* LO SHARP ERA UN FUCILE A DUE CANNE CHE SI CARICAVA A PALLETTONI E LE CUI SCARICHE ERANO MICIDIALI.

...E PUOI STAR CERTO CHE, DOPO LE PRIME SVENTAGLIATE, QUEI MALEDETTI VERMI CI PENSERANNO DUE VOLTE PRIMA DI TORNARE ALL'ATTACCO.

INTANTO, GIU' A PIANTERRENO...

QUANTO CREDI CHE POSSA RESISTERE?

NON PIU' DI UNA DECINA DI MINUTI.

PERO' NON E' IL CASO DI PREOCCUPARCI! VEDRAI CHE AL PRIMO ASSAGGIO DEL NOSTRO PIOMBO, KENTO PERDERA' MOLTA DELLA SUA FAME DI BOTTINO, E SI TERRA' ALLA LARGA DALLA PORTA!

VADO A PRENDERE UN'ALTRA SCATOLA DI CARTUCCE.

350

BUONA IDEA! E, GIA' CHÉ CI SEI, PORTA QUI UN ALTRO PAIO DI FUCILI CARICHI E QUALCHE BOTTIGLIA! TUTTO QUESTO FUMO MI HA MESSO UNA SETE DEL DIAVOLO!

MA HARPORT E I SUOI HANNO SOTTOVALUTATO L'ABILITA' TATTICA DI KENTO. INFATTI...

LA PORTA STA BRUCIANDO BENE.

TEMPO DI ANDARE, ALLORA!

ATTACCHEREMO ALL'ALBA, QUANDO I CANI BIANCHI SARANNO STANCHI PER LA LUNGA NOTTE PASSATA IN ATTESA E I FUCILI TREMERANNO NELLE LORO MANI.

UGH!

EHI! SCAPPANO!

?!

BANG

AHH!

ALL'INFERNO!...

BANG BANG

STATE AL RIPARO!... E PREPARATE ALTRE FRECCE INCENDIARIE!

MALEDETTISSIMI VERMI!... SE ALMENO SAPESSI COS'HANNO IN QUEI LORO SPORCHI CERVELLACCI...

INTANTO, IL BUIO SI E' ANDATO FACENDO VIA VIA PIU' FITTO, E SOLO I RIFLESSI ROSSASTRI DEL FUOCO CHE STA DIVORANDO LA PORTA RISCHIARANO LA TRAGICA SCENA. POI, DOPO UNA PAUSA DI POCHE DECINE DI MINUTI, LE PRIME FRECCE INCENDIARIE COMINCIANO A SAETTARE NELL'ARIA...

CI RISIAMO!... VISTO CHE NON POSSONO BATTERCI CON LE ARMI, RITENTANO CON IL FUOCO!

DANNATI SELVAGGI!

SWIIISSS

ENSLEY!... THORPE!... SPARROW!... ATTENTI!... STANNO RICOMINCIANDO CON LE FRECCE INCENDIARIE!

SWISSSS

COME VA, LAGGIU'?

TUTTO A POSTO!

DELLA PORTA E DEL RESTO E' RIMASTO BEN POCO, MA I CHEYENNES NON SI SONO ANCORA AZZARDATI A FARSI VIVI!

SI SONO RIPARATI ALL'ESTERNO DEL MURO DI CINTA, MA E' MEGLIO NON FIDARSI!

TENETE SEMPRE SOTTO CONTROLLO L'INGRESSO. APPENA MI E' POSSIBILE, VI MANDO GIU' THORPE O SPARROW PER RIFARE IN PARTE LA BARRICATA.

BUENO!

SWISSS

SWIIISS

EHI!...

GLI VENGA UN COLPO!

NON MUOVETEVI! VOI COPRITEMI! CI PENSO IO!

354

BANG BANG

WOAH!...

ZING!

ZIP

NELLO STESSO MOMENTO, QUALCHE MIGLIO PIÙ A SUD...

NON SI PUÒ VEDER BENE, MA HO L'IMPRESSIONE CHE LA FIESTA SIA TUTT'ALTRO CHE FINITA!

ESCE SOLO DEL FUMO DA QUALCHE FINESTRA... E MI SEMBRA DI SCORGERE DELLE OMBRE MUOVERSI FUORI DALLA CINTA!

NON CE L'HANNO FATTA A SORPRENDERLI, E ADESSO ASPETTANO L'ALBA PER L'ATTACCO DECISIVO!

MOLTO PROBABILE CHE SIA COSÌ!

AVANTI !... CI AVVICINEREMO SINO A UN MIGLIO DA LORO E POI DECIDEREMO IL DA FARSI!

BUENO!

AVANZANDO CON LA MASSIMA PRUDENZA, I CINQUE UOMINI SI PORTANO IN MENO DI MEZZ'ORA NEL PUNTO STABILITO, QUINDI, SCESI DI SELLA E IMPASTOIATI I CAVALLI A RIDOSSO DI UN ROCCIONE, SI CONSULTANO RAPIDAMENTE.

CI ANDIAMO SUBITO A DAR LA BUONANOTTE A QUEL BRAVUOMO DI KENTO?

PREFERISCO DARGLI IL BUON GIORNO, ANCHE PER POTER VEDERE LA FACCIA CHE FARÀ NELLO SCOPRIRE LA NOSTRA PRESENZA. COMUNQUE, PRIMA DI DECIDERE, LASCIAMI BUTTARE UN'ALTRA OCCHIATA LAGGIÙ.

PER PARECCHI MINUTI, TEX TIENE SOTTO OSSERVAZIONE IL POSTO COMMERCIALE DI HARPORT E INFINE ABBASSA IL BINOCOLO.

E ALLORA?

POSSIAMO ASPETTARE L'ALBA.

ANCHE SE HANNO DISTRUTTO SIA IL PORTONE CHE LA PORTA DELLA CASA, È CHIARO CHE I CHEYENNES NON HANNO ANCORA POTUTO ENTRARVI, VISTO CHE SONO TUTTORA ACCAMPATI FUORI DALLA CINTA.

MOLTI?

I CHEYENNES?... SETTE O OTTO. IL CHE SIGNIFICA CHE IL PRIMO ATTACCO LO HANNO PAGATO PIUTTOSTO CARO.

ANCHE GLI UOMINI DI HARPORT DEVONO PERÒ AVER AVUTO PARECCHIE PERDITE, VISTO COME SE NE STANNO RINTANATI SENZA DAR SEGNO DI VITA.

TUTTO ZUCCHERO PER NOI, QUINDI.

356

POI BLOCCHEREMO ANCHE TUTTE LE FINESTRE A PIANTERRENO, IN MODO DA DOVER CONTROLLARE SOLO QUESTO PUNTO.

QUEI MALEDETTI CHEYENNES!... MA COSA PUO' AVERLI SPINTI A SALTARCI ADDOSSO?

NON C'ERA UN PATTO FRA LORO E CLAYTON?

CERTO CHE C'ERA, MA CHI PUO' PREVEDERE IL COMPORTAMENTO DI QUEI PIDOCCHIOSI BUFFONI?

IL CIELO LI FULMINI!

IN QUANTO A QUELLO, LI FULMINEREMO NOI DOMATTINA, QUANDO SI RIFARANNO VIVI PER VENIRE A RACCOGLIERE I NOSTRI SCALPI! BLOCCATE TUTTE LE FINESTRE, DOVRANNO ATTACCARE QUI, E CHE IO SIA DANNATO SE NON LI SALUTEREMO A SCARICHE DI PALLETTONI.

E COSI' LE ORE DELLA NOTTE PASSANO: IN PREPARATIVI DIFENSIVI DA PARTE DEGLI UOMINI DI HARPORT, E IN PIANI DI ATTACCO DA PARTE DI KENTO. GLI UNI E GLI ALTRI BEN LONTANI DAL SOSPETTARE DI AVERE A BREVE DISTANZA DA LORO I PIU' PERICOLOSI AVVERSARI: TEX WILLER E I SUOI PARDS! POI IL BUIO DELLA NOTTE COMINCIA A SCHIARIRE, E CON IL PRIMO ALBEGGIARE...

PA'!... SI STA FACENDO GIORNO.

UH!

358

INTANTO...

BANG

BANG BANG

NON RISPONDETE AL FUOCO!... LASCIATE CHE CI VENGANO BENE A TIRO, E POI INNAFFIATELI DI PIOMBO CALDO.

PRONTI...

BANG

MA UN ATTIMO PRIMA CHE KENTO DIA IL SEGNALE DELL'ATTACCO...

?!

WOAH!... CANI BIANCHI!

E POCO DOPO...

E' IL CIELO CHE VI MANDA !... SENZA UN MOTIVO AL MONDO, QUEI DANNATI CHEYENNES CI HANNO ATTACCATO, E DAVVERO NON SO COME SAREBBE FINITA, SE NON FOSTE ARRIVATI VOI.

SIETE VOI IL SIGNOR HARPORT ?

IN PERSONA. E SONO VERAMENTE LIETO DI...

UH!

SMACK

DANNAZIONE!

FERMI!

TUM

MANINE AL CIELO E NIENTE SCHERZI !... IL PRIMO CHE SI SOGNA DI FARE LO SPIRITOSO, FINISCE A RAZZO NELL'INFERNO!

E CI RESTA!

? ?! ? !!

E TU TIRATI SU, MA SENZA TENTARE DI TOCCARE IL TUO FERROVECCHIO, MISTER HARPORT DEI MIEI STIVALI.

DOBBIAMO SCAMBIARE QUATTRO CHIACCHIERE DA BUONI AMICI, PERCIÒ USA LA BOCCA E SCORDATI DI AVERE DUE MANI.

MA CHI DIAVOLO È MAI?

STATE COMMETTENDO UN GROSSO SBAGLIO, AMIGO!

NON CHIAMARMI "AMIGO", HARPORT. I TIPI COME TE NON POSSONO AVERE AMICI, MA SOLO COMPLICI.

E A PROPOSITO DI COMPLICI...

È UN PEZZO CHE NON HAI NOTIZIE DI QUEL GROSSO MASCALZONE DI GOLDFIELD?

?!

UH! CREDO DI COMINCIARE A CAPIRE...

E ALLORA?

GOLDFIELD, AVETE DETTO?

MAI SENTITO!

FORSE...

UH!

SOCK

GATTICI

SLAM

?!
?

AVANTI! TIRATI SU!

NIENTE DA FARE, TEX! E' ANDATO A DORMIRE!

BEH, BUONA NOTTE! AVANTI IL PRIMO, ALLORA. TU, PER ESEMPIO: COSA SAI DEI TRAFFICI DI HARPORT CON CLAYTON E GOLDFIELD?

UN MOMENTO, MISTER! IO NON NE SO NIENTE.

DILLO UN'ALTRA VOLTA E TI FACCIO SCHIZZARE LA DENTIERA NELLE SCARPE! CREDI CHE ABBIA TEMPO DA PERDERE, MALEDETTO IDIOTA?

FERMO, MISTER! PARLERO'!

UHM ... FINALMENTE UNO CHE HA BUON SENSO! FORZA, ALLORA! E FUORI TUTTO!

E UN'ALTRA COSA, GIA' CHE CI SIAMO. ANCHE SE NON C'E' IL MINIMO DUBBIO CHE SIATE DEI PENDAGLI DA FORCA, PROMETTO DI MOLLARVI E SCORDARMI DELLE VOSTRE BRUTTE FACCE, A PATTO CHE DIATE UNA MANO A SCORTARE I CAVALLI DI HARPORT SINO ALLA CAROVANA CHE MI ASPETTA A UN PAIO DI GIORNI DA QUI.

SE POI, OLTRE A FILAR DIRITTO, AC- CETTERETE ANCHE DI TESTIMONIARE CONTRO GOLDFIELD E I SUOI DUE SOCI, DAVANTI ALLO SCERIFFO DEL PRIMO PAESE CHE INCONTREREMO, AL- LORA FARO' MOLTO DI PIU'.

FINGERO' DI NON VEDERE, MENTRE EN- TRERETE IN QUELLA TANA DI LADRONI E ALLUNGHERETE LE ZAMPE SUL MALLOPPO DI HARPORT.

PAROLA?

PAROLA DI TEX WILLER!... QUEL CHE PIU' MI PREME E' DI DISTRUGGERE L'OR- GANIZZAZIONE MESSA IN PIEDI DA HARPORT E SOCI PER RAPINARE LE CARO- VANE DIRETTE IN CALIFORNIA, E LE VOSTRE TESTIMONIANZE SERVIREBBERO A FACILITARE IL COMPITO SIA DEL GIUDICE CHE DELLA GIURIA CHIAMATA A PRONUNCIARE IL VERDETTO SU QUESTA SPORCA STORIA.

SE E' SOLO QUESTO CHE VOLETE, POTETE CONTARE SU DI NOI!

VERO, HOMBRES?

SEGURO!

E ALLORA DATEVI DA FARE, PERCHE' ENTRO MEZZ'ORA CONTO DI DAR FUOCO A TUTTA LA BARACCA E TORNARMENE CON I CAVALLI ALLA CAROVANA.

DIAVOLO! CI BASTERA' MOLTO MENO, MISTER.

SE LA CAVANO ANCHE TROPPO A BUON MERCATO!

LO SO. IN COMPENSO CI SARANNO SICURAMENTE MOLTO UTILI NEL LAVORO DI SCORTA. TI RENDI CONTO CHE ABBIAMO SULLE SPALLE LA RESPONSABILITA' DI DUE CAROVANE E CHE PRIMA DI ARRIVARE AL MONTGOMERY PASS DOVREMO SPARGERE SUDORE LUNGO UNA PISTA ANCORA MALEDETTAMENTE LUNGA?

AHHH...

EHI!... MISTER VERME STA TORNANDO DAL MONDO DEI SOGNI.

FRUGATELO BENE E POI LEGATELO SU UN CAVALLO! APPENA AVREMO RAGGIUNTO LA CAROVANA LO METTEREMO A FAR COMPAGNIA A CLAYTON!

FORMERANNO PROPRIO UNA BELLA COPPIA, PER GIOVE!

GIÀ!... E QUANDO, ARRIVATI A CEDAR CITY, LO SCERIFFO VI AGGIUNGERÀ ANCHE GOLDFIELD, AVREMO IL PIÙ BEL TERZETTO DI MASCALZONI CHE SIA MAI SPUNTATO SULLA FACCIA DELLA TERRA.

UMH... CREDO CHE SE SI POTESSERO RIUNIRE IN UN ESSERE SOLO, NE SALTEREBBE FUORI UNA BESTIA CON LA TESTA DA SCIACALLO, LE ALI DI AVVOLTOIO E IL CORPO DI UN SERPENTE A SONAGLI.

MEZZ'ORA DOPO, PRELEVATI DAL MAGAZZINO VIVERI E MUNIZIONI IN ABBONDANZA, E CARICATILI SUI CAVALLI, TEX E I SUOI COMPAGNI FRACASSANO AL PIAN TERRENO ALCUNI BARILOTTI DI PETROLIO E VI APPICCANO IL FUOCO...

CRASH

... QUINDI, MENTRE LE FIAMME SI INNALZANO RAPIDE, CREPITANDO SINISTRAMENTE, ABBANDONANO L'EDIFICIO.

ECCOLI CHE ARRIVANO!

MUOVIAMOCI, ALLORA!

370

E POCO DOPO...

AVANTI!... IN MARCIA!

RAGGIUNTA LA CAROVANA SENZA INCIDENTI E CONFINATI HARPORT E CLAYTON IN UNO DEI CARRI SOTTO BUONA SORVEGLIANZA, TEX CONCEDE UN GIORNO DI RIPOSO PER DARE UN CERTO ORDINE ALLA DISPOSIZIONE DEI "CONESTOGA" E SUDDIVIDERE FRA GLI UOMINI I DIVERSI TURNI DI GUARDIA E DI SCORTA. POI, IL MATTINO SEGUENTE...

IN MARCIA!... AVANTI!!

... LA LUNGA FILA DEI PESANTI VEICOLI RIPRENDE A SERPEGGIARE ATTRAVERSO LA SERIE DI VALLATE CHE DA EMIGRANT VALLEY SI STENDE FRA IL CACTUS RANGE E I MONTI GRAPEVINE, SINO ALLA CATENA DEI SILVER PEAKS.

371

TRE SETTIMANE DI VIAGGIO PORTANO LA CAROVANA AI MARGINI DI BUENA VISTA, UN GROSSO VILLAGGIO AI PIEDI DEL MONTE MONTGOMERY E A POCHE MIGLIA DAL PASSO CHE FA DA CONFINE FRA IL NEVADA E LA CALIFORNIA.

CI FERMIAMO QUI! PASSATE LA PAROLA CHE FAREMO UNA SOSTA DI ALMENO UNA SETTIMANA. L'ATTRAVERSAMENTO DEL PASSO SARÀ UN'IMPRESA PIUTTOSTO DURA PER TUTTI, E IL BUON SENSO SUGGERISCE DI AFFRONTARLO NELLE MIGLIORI CONDIZIONI FISICHE, E DOPO UN ACCURATO CONTROLLO DEI CARRI.

E ABBIATE SOPRATTUTTO CURA DEI CAVALLI! È IMPORTANTE, DATO IL TIPO DI PISTA CHE DOVREMO SEGUIRE PER ARRIVARE AL PASSO. CHIARO?

CERTO, MISTER WILLER!

BENE! IO E I MIEI PARDS, INTANTO, ANDIAMO DALLO SCERIFFO PER SISTEMARE LA FACCENDA DEI PRIGIONIERI!

FORTUNATAMENTE PER TEX, LO SCERIFFO DI BUENA VISTA SI ASSUME VOLENTIERI L'INCARICO SIA DI REGISTRARE LE TESTIMONIANZE DEGLI EX-COMPLICI DI HARPORT CHE DI TENERE IN CUSTODIA LUI E IL SUO DEGNO COMPARE CLAYTON...

STATE TRANQUILLO, WILLER!... TERRÒ SOTTO CHIAVE QUEI DUE UCCELLACCI SINO AL PASSAGGIO DELLA DILIGENZA CHE FA SERVIZIO PER TONOPAH, E POI DA LÌ, CON UNA BUONA SCORTA, LI FARÒ PROSEGUIRE PER CEDAR CITY!

GRAZIE, SCERIFFO!

BUENA VISTA
SHERIFF

373

CORAGGIO!... IL VALICO E' A SOLE TRE MIGLIA!

IL GIORNO STESSO, AL CALAR DEL SOLE, LA LUNGA FILA DI CARRI GIUNGE ALLA PERIFERIA DI BENTON...

BEH, QUESTA E' LA FINE DELLA PISTA!

GIA'!

CHE NE DIRESTI ADESSO DI PRENDER CONGEDO DA TUTTI QUANTI E ANDARE IN CERCA DI UN BUCO DOVE RICOVERARE LE NOSTRE CARCASSE?

DIREI CHE E' UNA ECCELLENTE IDEA, VECCHIO MIO.

ED E' COSI' CHE, POCO DOPO...

DA QUI IN AVANTI NON TROVERETE PIU' OSTACOLI.

NON PROSEGUITE CON NOI?

PURTROPPO NO! C'E' A CEDAR CITY UNO SCERIFFO CHE ASPETTA SOLO NOI PER DARE AL BOIA LA POSSIBILITA' DI METTERE UNA SOLIDA CRAVATTA DI CANAPA INTORNO AL COLLO DI MISTER GOLDFIELD.

UHM!

NON POTRESTE LASCIARE AL SIGNORE IL COMPITO DI FAR GIUSTIZIA? DICE LA BIBBIA: "MIA SARÀ LA VENDETTA E LA RAPPRESAGLIA..."

SPIACENTE, SIGNOR GLENDON!

GENERALMENTE, LA GIUSTIZIA DI CUI PARLATE ARRIVA SEMPRE TROPPO TARDI PER PUNIRE I GROSSI MASCALZONI E PROTEGGERE LA POVERA GENTE.

PERÒ SE...

NON INSISTERE, FRATELLO ELIA!

MENO MALE!

MI STO CHIEDENDO COME POTREMO MAI DIMOSTRARVI LA NOSTRA RICONOSCENZA.

PER CARITÀ!

FOSTE GENTE DIVERSA, POTREI INVITARVI A OFFRIRCI UN PAIO DI BUONE BOTTIGLIE E...

ABOMINIO!

STA SCRITTO SULLA BIBBIA: "LA VITE NASCE DAL CEPPO DI SODOMA E DALLE PIANTAGIONI DI GOMORRA. È TOSSICO DI SERPENTI, E IL SUO VINO VELENO SPIETATO DI VIPERE."

MI VENGA UN ACCIDENTE!

375

Indice

«Tex – Terra promessa»
di Gianluigi Bonelli e Giovanni Ticci
Oscar bestsellers
Arnoldo Mondadori Editore

Questo volume è stato stampato
presso Mondadori Printing S.p.A.
Stampato in Italia. Printed in Italy